Florian Füllbier

Die mutige Minerva-Mannschaft

Band 1

Florian Füllbier

Die mutige Minerva-Mannschaft

Eine Geschichte über Journalismus, Roboterfußball und Liebe in Zeiten schwerer Persönlichkeitsstörungen

Bibliografische Information der Deutschen Nationalbibliothek:
Die Deutsche Nationalbibliothek verzeichnet diese Publikation
in der Deutschen Nationalbibliografie;
detaillierte bibliografische Daten sind im Internet
über http://dnb.dnb.de abrufbar.

Kontakt: Autor1@sags-per-mail.de

Herstellung und Verlag: BoD – Books on Demand, Nor-
derstedt

ISBN: 978-3-7583-2533-5

Kapitel 1

Die folgende Geschichte ist frei erfunden.

Lukas

"Hurensohn, schieß! Los schieß doch end-
lich!" schrie ein übergewichtiger Mann,
dessen Gesicht so rot glühte, dass Lukas
sich fragte, ob die Schweißperlen, die ihm
über sein Gesicht liefen, anfangen würden, zu kochen. Auch andere Zuschauer
waren stark in das Spielgeschehen invol-
viert. Sie stimmten Gesänge an, stießen
"Ahh-" und Ohh"-Laute aus und
schwenkten Fahnen.

Dass sich die Spieler darum scherten war nicht anzunehmen. Ein Pass nach vorne wurde von einem Stürmer gekonnt mit dem Fußspann weitergeleitet und von seinem Mannschaftskameraden mit einem Fallrückzieher ins gegnerische Tor bugsiert. Doch Jubel, heruntergerissene Trikots oder Umarmungen blieben aus. Roboter neigten nicht zu starken Gefühlen. Lukas war dennoch froh über jede gezeigte Emotion, die er hier beobachten konnte, da jede davon seine Arbeit erleichterte. Nicht, dass er ein großer Sportfan gewesen wäre und auch Roboter-Fußball hatte trotz seinem Interesse an Technik bislang nicht vermocht, das Feuer der Leidenschaft in seinem Innern anzufachen. Ohnehin hatte Neutralität in seinem Metier irgendwann einmal als eine Tugend gegolten.

Jetzt galt eher Homer Simpsons "Statt eines Wichtigtuers, der die Medien kontrolliert, gibt es jetzt Tausende von Freaks, die ihre wertlose Meinung vervielfältigen" als Hanns Joachim Friedrichs' "Ein Journalist darf sich nie mit einer Sache gemein machen, auch nicht mit einer guten". Jene sportinteressierten Damen, die sich sonst in der Welt des Fußballs auf den Tribünen sammelten, um Ronaldo, Messi, Müller und Özil zuzujubeln, existierten hier nicht. Die einzigen Personen weiblichen Geschlechts, die Lukas erblicken konnte, waren einige Mütter, die ihre Söhne begleiteten, aber auch diese Aufgabe wurde primär von Vätern übernommen. Lukas' Blick wanderte von den Zuschauerplätzen zurück aufs Spielfeld und von dort weiter auf den Gastronomiebereich. Einen Moment lang fragte er sich, ob seine Wahrnehmung ihm einen Streich spielte. Nein, es war tatsächlich Nico, der am Hot Dog-Stand arbeitete und gerade im Begriff war, einem Zwölfjährigen mit dicken Brillengläsern und einem Superman-T-Shirt eine heiße Bockwurst in einem labbrigen Brötchen zu überreichen.

Der Versuch, Nico aus der Ferne zuzuwinken, scheiterte daran, dass dieser zu sehr in die Tätigkeit des Hot Dog-Verkaufens vertieft war und seinen alten Kumpel und Kommilitonen Lukas nicht wahrnahm. Lukas verließ seinen Platz, um den lange nicht mehr gesehenen Freund persönlich zu begrüßen. Wäre er sitzen geblieben, hätte dies seinen Tod bedeutet.

Tamara

Tamara schaffte es nur noch mit Mühe, den Schlüssel in dem quietschenden und knarrenden Schloss umzudrehen. Das Schloss zu ölen war schon lange keine Lösung mehr, ein Austausch dringend erforderlich. Doch den Vermieter um Reparaturen zu bitten, wenn man fast zwei Monate mit der Miete im Rückstand war, war so aussichtslos wie riskant. Geld war auch das Thema, um das sich ihre Gedanken auf dem soeben beendeten langen Spaziergang ergebnislos gedreht hatten.

Ihr Weg hatte sie vom Leopoldplatz im Berliner Stadtteil Wedding, in dem sich ihre WG befand über die Seestraße vorbei am Virchow-Klinikum bis zum Plötzensee geführt. Nach einer kurzen Rast am Ufer des Sees hatte sie den nahegelegenen Park erkundet, in dem einige der in den dortigen Gehegen untergebrachten Tieren neugierig darauf warteten, dass Besucher ihnen Futter gaben. Tamara hatte sich gefragt, wie viele Bewerbungen sie verschickt hatte, seit sie Ende des vergangenen Jahres aufgehört hatte, zu zählen. Keine vier Monate waren vergangen und es konnten kaum weniger als 300 sein.

Als sie den Flur der WG betrat, fiel ihr Blick als Erstes auf zwei DIN A4-Briefumschläge, die unter der lebensgroßen Lucky Luke-Figur lagen, die ihr Mitbewohner im Flur aufgestellt hatte. Sie erkannte ihre eigene Schrift auf der Empfängeradresse und wusste sofort, dass es sich um eine Jobabsage handeln musste. In ihrem Emailpostfach würden noch weitere warten.

Tamara brühte sich einen Tee, Pfefferminz, für 49 Cent die 25-Beutelpackung aus dem Kaufland in der Nähe, in dem schon einmal ein Kunde einen anderen mit einem Messer aus der Auslage ermordet hatte und fragte sich dabei, ob die 49 Cent nicht rausgeschmissenes Geld waren und Leitungswasser seinen Zweck genauso erfüllen würde. Sie stellte die Teetasse auf den Boden, legte sich auf die uralte Couch, die einen Großteil des Platzes in dem kleinen Wohnzimmer der Behausung einnahm, vergrub ihr Gesicht in beiden Händen und fing an, zu heulen.Sie heulte und dachte an ihren Vater, der ihr immer wieder gesagt hatte, dass es sich bei dem Versuch, in die Berliner Medienbranche einzusteigen, um gefährlichen Unsinn handelte. "Ich weiß, wovon ich rede", hatte er ihr einzuschärfen versucht. Das stimmte.

Tamaras Vater war kein Journalist, aber er betrieb eine PR-Agentur im Raum Stuttgart. Die Zahl seiner Angestellten war in den letzten Jahren von einem Spitzenwert von zwölf zu Tamaras Teenagerzeiten zu einer einzigen Sekretärin, die nur eine Halbtagsstelle hatte und den Mindestlohn bekam, geschrumpft. Weil ihm einige Kunden aus rosigeren Jahren die Treue hielten und er ein abbezahltes Haus mit zwei vermieteten Einliegerwohnungen besaß, kam er über die Runden. Die erwachsene Tamara konnte er nicht länger unterstützen, und er wollte es auch nicht, seit Jahren war er verärgert, weil sie nicht auf ihn gehört hatte und wurde gleichzeitig von der permanenten Sorge um seine andere Tochter verzehrt. "Am Besten wirst du Lehrerin", hatte er ihr geraten, "das ist ein guter Beruf, da hast du ein gutes, sicheres Auskommen und viel Freizeit. Oder mach' eine Ausbildung, werd' Krankenschwester oder meinetwegen Stewardess, wenn du unbedingt etwas von der Welt sehen willst." Das war in der Tat ein wichtiger Teil ihrer Motivation gewesen, in den Journalismus zu gehen.

Sie hatte von exotischen Plätzen berichten wollen, hatte vorgehabt, die Hintergründe des aktuellen Weltgeschehens vor Ort zu recherchieren, in den Hütten und Höhlen in den Bergen lebender Rebellenführer genauso ein und auszugehen wie im Bundestag, im Kreml und im Weißen Haus. Sie wollte sämtliche Perspektiven des Nahostkonflikts kennen und die historischen Hintergründe verstehen und live dabei sein, wenn Astronauten auf die Erde zurückkehrten und Pandababys geboren wurden. Jetzt sah sie hauptsächlich die Straßen des Weddings, in dem sich Dönerbuden an schmuddelige Internetcafés und noch schmuddeligere Casinos reihten.

In denen Deutsch die Sprache der Alten und Zugezogenen war, während sich die Kinder auf Türkisch oder Arabisch verständigten. Sie sah die seit langer Zeit nicht mehr gestrichenen Wände, die ihr Mitbewohner mit Postern alter Filme dekoriert hatte.

Lukas besaß ein Faible für die Klassiker der verschiedenen Jahrzehnte. Neben dem Gesicht von Ingrid Bergman, die auf einem Plakat für "Casablanca" ihren Kopf in die Richtung des eine Pistole haltenden Humphrey Bogart streckte, war das Antlitz von Orson Welles zu sehen, der „Citizen Kane" bewarb. Auf einem weiteren Poster wurden , in der amerikanischen Originalversion als „Lady and the Tramp" bezeichnet, die Zeichentrickhunde Susi und Strolch als Akteure des „Happiest Motion Picture" angepriesen.

Gesellschaft leistete ihnen Dustin Hoffman, der als „The Graduate" hinter einem entblößten Frauenbein in aufreizender Pose eine leicht eingeschüchterte Haltung angenommen hatte und ein nur als Schatten erkennbarer Mann, der sich in William Friedkins „The Exorcist" auf den Weg zu einer Teufelsaustreibung machte. Tamara fiel auf, dass keiner der menschlichen Darsteller ein auch nur im Ansatz freundliches Gesicht zeigte, lediglich die Hunde wirkten glücklich.

Dann zwang ein erneuter Heulkrampf ihren Kopf zurück in ihre tränennassen Hände. Es dauerte einige Minuten, bis sie beschloss, dass Fernsehen das beste Mittel war, sich von ihrem Kummer abzulenken. Es folgte Fassungslosigkeit.

„Im Berliner Stadtteil Dahlem hat sich während eines Roboterfußballspiels ein Anschlag ereignet, bei dem mindestens vierzehn Menschen getötet und mehr als 50 verletzt wurden. Laut den uns vorliegenden Informationen explodierte kurz nach Beginn der zweiten Halbzeit eines Freundschaftsspiels, in dem die FU-Warriors der Freien Universität Berlin gegen die B-Clevers aus Bremen antraten, eine vermutlich durch einen Fernzünder ausgelöste Bombe. Über die Hintergründe der Tat ist zum gegenwärtigen Zeitpunkt noch nichts bekannt", erklärte die Nachrichtensprecherin. Eine Nummer wurde eingeblendet, unter der besorgte Angehörige sich informieren konnten. „Lukas ist bei diesem Spiel", dachte Tamara entsetzt.

Sie konnte die Begeisterung ihres Mitbewohners für neue Technologien aller Art nicht teilen und hatte ihn ausgelacht. „Roboterfußball, gibt es da auch Roboter-Hooligans und Roboter-Spielerfrauen? Für Hardcore-Fans vielleicht einen Roboter-Puff?", hatte sie ihn gefragt, aber ihr Mitbewohner betrachtete ihre Ideen als weit weniger lustig als sie selbst.

Lukas war nicht nur bei alten Filmen, sondern auch technischen Innovationen stets auf dem Laufenden. Er interessierte sich für selbstfahrende Autos, für den Oculus-Rift, einer Art Virtual Reality-Brille, die Videogamern durch Ausfüllen des kompletten Gesichtsfeldes ein vollständiges Eintauchen in virtuelle Spielwelten ermöglichte, für 3D-Drucker, und für mithilfe grüner Gentechnik mit Vitamin A angereicherten Bananen, mit denen Wissenschaftler hofften, ebenso wie mit Goldenem Reis, in Entwicklungsländern Fälle von Blindheit infolge von Vitaminmangel kurieren zu können.

Lukas' Kenntnisse in diesen Bereichen verschafften ihm gelegentliche Aufträge – aber bei weitem nicht so viele und nicht so gut bezahlte, wie er gehofft hatte, als er damit angefangen hatte, seinen Blog mit Artikeln zu diesen Themen zu füllen.

Lukas

Die Druckwelle der Detonation hatte Lukas mehrere Meter durch den Raum geschleudert und ihn zu Boden geworfen. Es herrschte Panik. Geschrei und Sirenen waren zu hören. Menschen versuchten zu fliehen, während gleichzeitig Angehörige von Polizei und Rettungsdienst ihre Mühe hatten, sich einen Weg durch durch die Menge zu bahnen. Lukas, dem es noch nicht gelungen war, die Situation vollständig zu erfassen, bekam von einigen der Fliehenden versehentliche Tritte ab.

Als er mühsam Anstalten machte, sich zu erheben, sah er eine ausgestreckte Hand direkt vor seinem Gesicht und eine vertraute Stimme forderte ihn auf „Steh' auf, Alter!" Es war Nico. Im Gegensatz zu seinem in Trümmer zerlegten Hot Dog-Stand hatte Nico die Explosion offenbar unversehrt überstanden. Lukas merkte beim Aufstehen, dass ihm sein Rücken und seine Beine weh taten und seine Kleidung verschmutzt war, er aber bis auf ein paar Kratzer und Schrammen keine weiteren Verletzungen aufwies. Dort, wo er in der Tribüne gesessen hatte, lebte keine mehr. Die Explosion war nur wenige Zentimeter von seinem Platz entfernt erfolgt. Die Polizei sperrte das Areal weiträumig ab. Die Personalien aller Anwesenden wurden überprüft und jeder musste einige Fragen beantworten.

"Warum haben Sie kurz vor der Explosion ihren Platz verlassen?", wurde Lukas von einem bärtigen Polizisten gefragt, dem seine beleibte Statue in Kombination mit seiner Körpergröße ein Aussehen verlieh, das an Obelix erinnerte. "Ich wollte einen alten Freund von der Uni begrüßen." "Wen?" "Nico Zimmerer, er hat am Hot Dog-Stand gearbeitet." "Was und wo haben Sie beide studiert?" "Publizistik und Germanistik, an der Uni Bochum."

Der Beamte nahm noch einige Daten zu Lukas' Hintergrund auf und notierte sich neben seiner Personalausweisnummer noch seine Telefonnummer und wies ihn darauf hin, dass er sich in den nächsten Tagen für mögliche Vernehmungen bereithalten solle, bevor er ihn gehen ließ. Tamara und Lukas hatten ein freundschaftliches, aber kein darüber hinausgehendes Verhältnis. Doch als er jetzt gemeinsam mit Nico durch die Tür der Wohngemeinschaft trat, warf sie sich ihm an den Hals, als sei ihr seit Jahren verschollener Geliebter zurückgekehrt.

"Du lebst, du lebst!", rief sie und drückte ihn so fest an sich, dass er glaubte, ihm würde die Luft wegbleiben. Ihre Begrüßung für seinen Begleiter beschränkte sich auf ein "Hallo Nico, schön, dich zu sehen."Nico hatte niemals geplant, Hot Dog-Verkäufer zu werden. Der Journalismus war für ihn nicht bloß ein Trendberuf, den er ergriffen hätte, weil es in war, irgendetwas mit Medien zu machen.

Schon zu Beginn der Grundschule, als seine Klassenkameraden die Biene Maja und Hallo Spencer als Lieblingsserien in ihren „Das ist meine Schulklasse"-Büchern nannten, hatten ihn Nachrichten fasziniert. Er wollte wissen, was in der Welt vor sich ging. Fernsehen, Radio, Zeitungen, wo immer es Informationen zu bekommen gab, saugte Nico diese in sich auf. Als Zehnjähriger las er regelmäßig die FAZ, die Welt, den Spiegel und die Zeit. Auch politisch als radikaler geltende Blätter wie die taz und die Junge Freiheit ließ er sich nicht entgehen, um die in verschiedenen politischen Spektren vertretenen Ansichten zu kennen.

Er engagierte sich in der Schülerzeitung und absolvierte erste Praktika beim Offenen Kanal und bei einer Lokalzeitung. Als in den späteren Jahren seiner Schulzeit Internet immer mehr zu einer Selbstverständlichkeit wurde, war das für Nico eine Offenbarung.

Rund um die Uhr waren jetzt Informationen im Rekordtempo verfügbar und kein Zensor der Welt war mehr in der Lage, ihre Ausbreitung noch bis in die dunkelsten Flecken der Erde aufzuhalten. Es spielte für ihn keine Rolle, dass nicht Journalismus, sondern Pornografie die Hauptantriebsfeder hinter einem immer schnelleren und immer besseren Internet war, der Effekt blieb derselbe. Auch dass sich zu den Informationen eine beachtliche Menge von Desinformation und jede nur erdenkliche Verschwörungstheorie gesellten, störte ihn nicht. Er sah sogar einen Vorteil: Anders als bei einem Buch oder einer TV-Dokumentation konnte im Internet kruden Behauptungen sofort mit der Wahrheit begegnet werden.

Da gab es die Mondladungsskeptiker, die behaupteten, dass die Astronauten zum Beispiel angesichts der im Vergleich zur Erde viel schwächeren Anziehungskraft des Mondes viel höher hätten springen können, als die 44 Zentimeter, die John Young neben der amerikanischen Flagge zustande brachte. Dass eigenartigerweise auf den Bildern nie ein Rückstoßkrater zu sehen sei, obwohl die Landefähren von einer Geschwindigkeit von 6000 km/h abgebremst hätten werden müssen, um auf der Mondoberfläche aufzusetzen. Dass es bisher keinem Astronomen gelungen sei, durch sein Teleskop die zurückgelassene Mondlandefähre zu erkennen. Dass die amerikanische Flagge flattert, obwohl es auf dem Mond keinen Wind gibt. Dass keine Sterne auf den Aufnahmen zu sehen seien. Es gab die Anhänger der Chemtrails-Theorie, die überzeugt waren, dass es sich bei den Kondensstreifen am Himmel keineswegs um die Abgasfahnen von Flugzeugen oder Raketen handeln würde.

Vielmehr würden die Herrschenden dort gezielt Chemikalien versprühen, um Einfluss auf das Klima zu nehmen, Menschen gezielt mit Gift zu töten oder gefügsam zu machen Besonders beliebt waren auch die Verschwörungstheorien zu den Terroranschlägen des 11. September 2001, die unterstellten, die amerikanische Regierung habe die Anschläge mithilfe ihrer Geheimdienste selbst inszeniert oder zumindest bewusst nicht verhindert. Dabei verwiesen sie auf das Memo eines FBI-Agenten aus Phoenix, der im Juli 2001 die Befürchtung geäußert hatte, Osama Bin Laden könne gezielt Flugschüler in den USA ausbilden lassen. Darauf, dass auf einer von CNN veröffentlichten Passagierliste keine arabischen Namen zu finden waren und der Sender bereits drei Minuten nach dem ersten Einschlag Bilder des brennenden Nordturms um die Welt schickte. Die die Frage aufwarfen, warum die Türme einstürzten, obwohl die Konstrukteure bei ihrem Bau sogar die Möglichkeit des Einschlags einer Boeing berücksichtigt hatten.

Die auf die in den Fernsehaufnahmen zu sehenden, kleineren Explosionen vor dem Einsturz hinwiesen und meinten, dass diese bei einer kontrollierten Sprengung auftreten würden. Ihnen allen ließ sich sofort entgegenhalten, dass Young seinen Sprung auf dem Mond ohne Anlauf oder vorheriger Hocke in einer 85 Kilogramm schweren Astronautenmontur durchführte, was auf der Erde niemals möglich gewesen wäre. Dass es auf der Erde die Luft ist, die einem Widerstand entgegensetzen und so einen Krater entstehen lassen kann, auf dem Mond jedoch keine Atmosphäre existiert. Dass die Flagge immer nur dann flattert, wenn einer der Missionsteilnehmer sie vorher berührt hat, wobei durch die geringere Gravitation eine etwas längere Schwingungsdauer entsteht. Dass die Zunahme der Kondensstreifen am Himmel auf das rasante Wachstum des Flugverkehrs seit den 1990er Jahren zurückzuführen ist.

Dass um tatsächlich in großen Mengen problematische Chemikalien auszubringen das Stillschweigen von Tausenden von Mitarbeiten verschiedener Regierungen, Behörden zur Flugsicherung und zur Wetterbeobachtung und des Militärs notwendig wäre. Dass auch Untersuchungen regierungsunabhängiger Organisationen keine Hinweise auf Chemtrails ergeben haben. Dass CNN bewusst nur die Namen der Opfer, nicht die der Täter des 11. Septembers veröffentlicht hatte, die vollständige Liste aber in anderen Medien wie dem Boston Globe zu finden war. Dass CNN außerdem in New York an einigen Stellen permanente Kameras installiert hat, durch die die Bilder sofort verfügbar waren. Dass die Planer zwar den Einschlag einer Boeing 707 berechnet hatten, die tatsächlich eingeschlagene Boeing 767 aber über ein Vielfaches der kinetischen Energie der 707 verfügte.

Dass die Flugzeugtrümmer die Versorgungsschächte im Inneren der Türme aufgeschlitzt hatten, wodurch sich das Kerosin schnell überall verteilen konnte und es überall dort, wo es auf eine Zündquelle traf, zu Explosionen kam – dass eine gezielte Sprengung in dieser Größenordnung aber monatelange Vorbereitungen erfordert hätten, die den im World Trade Center Beschäftigten unmöglich entgehen hätten können. Noch bevor Nico sein Abitur abschloss, wurden Artikel von ihm in großen, überregionalen Zeitungen veröffentlicht. Seinen Zivildienst leistete er offiziell als Fahrer für Essen auf Rädern, in Wirklichkeit verbrachte er seine Zeit in der Presseabteilung der Hilfsorganisation, die ihn eingestellt hatte. Er schloss sein Studium mit Bravour ab und war einer der wenigen, die kein Problem hatten, einen Volontariatsplatz zu finden. Der Berliner Tagesspiegel vergab mit Kusshand einen solchen an ihn.

Für Tamara war Nico eher ein Bekannter als ein Freund, den sie über Lukas ein paar Mal gesehen und seit Längerem aus den Augen verloren hatte. Seines Talentes war sie sich allerdings bewusst. Nachdem die beiden Männer ihr ausführlich von Explosion erzählt und mehrfach versichert hatten, dass ihnen nichts fehlte, konnte sie die offensichtlich im Raum stehende Frage nicht länger unterdrücken: "Nico, seit wann verkaufst du Hot Dogs? Und warum, um alles in der Welt?" „Die kurze Antwort ist: Seit etwa anderthalb Jahren und um Geld zu verdienen. Die etwas längere: Nach dem Volontariat habe ich zunächst eine Redakteursstelle bei einer Onlinezeitung angenommen. Die nannte sich schlicht und einfach "Die Zeitung im Internet" und war ein innovatives, junges Start-up - so wie jede zweite Firma in dieser Stadt eben. Das Ziel war, durch fundierte Artikel zum aktuellen Weltgeschehen bei den ganz großen mitzumischen.

Nach nicht einmal zwei Jahren, waren Förder- und Sponsorengelder aufgebraucht, die Werbeeinnahmen blieben stets auf einem lächerlich niedrigen Niveau und weil kein Mensch bereit ist, für Artikel im Netz zu bezahlen, gab es keine andere Möglichkeit, als das Projekt einzustampfen. Danach habe ich erst mal so 300 Bewerbungen verschickt, war aber nichts zu machen. Ich bin immer noch freier Journalist, aber die Auftragslage ist so mau, dass dringend ein Nebenverdienst her musste, sonst wäre maximal noch Brotsuppe drin gewesen. Jetzt darf es ab und schon zu ein Hot Dog sein."

Alice

Die Bank unter dem Kirschbaum in dem kleinen Park, der zu der Anlage gehörte, war Alices Lieblingsplatz. An heißen Sommertagen spendeten die Blätter des Baumes Schatten und wenn eine leichte Brise wehte, konnte man den Wind in ihnen rascheln hören. Der Platz war ruhig, nie setzte sich jemand zu ihr, und er bot einen hervorragenden Überblick. Es gefiel ihr, stundenlang dort zu sitzen und ihren Gedanken nachhängen. Ihr Therapeut hatte ihr geraten, nicht so viel zu grübeln, aber unter dem Kirschbaum verflogen die Trauer und und die Wut, die sie sonst dominierten, schon nach kurzer Zeit. Seit fast einem Monat war sie jetzt hier in Behandlung. Und nicht zum ersten Mal.

Von weitem sah sie, wie Moritz, der Pfleger mit dem Augenbrauenpiercing, auf sie zukam. Er war ein junger Mann, eher Anfang als Mitte Zwanzig, schlank und großgewachsen. Hätte Alice ihn unter anderen Umständen kennengelernt, hätte sie ihm vielleicht ihre Telefonnummer zugesteckt. Überhaupt war sie froh, wie freundlich das Personal in dieser Einrichtung war. Der Pfleger Thomas zum Beispiel, interessierte sich wie sie für Sprachen, wobei in seinem Fall das Augenmerk besonders auf alten, meist toten Sprachen lag. Sein Kollege Christian schien dem exzessiven Marihuanakonsum nicht abgeneigt und öffnete seine Lider selten mehr als etwa bis zur Hälfte. Doch Christian blieb stets ruhig, regte sich nie über einen der Patienten auf und hatte noch für die abwegigsten Wünsche ein offenes Ohr.Schwester Ines, die die Stationsleitung innehatte, trat dagegen sehr resolut auf. Aber auch Ines handelte immer korrekt und wusste sehr genau, was auf der Station vor sich ging. Moritz blieb vor Alice stehen und sagte "Sie haben Besuch."

Christopher

Die Klasse war laut. Ein Presslufthammer produzierte im Betrieb Geräusche in einer Lautstärke von 80 Dezibel, ein startendes Flugzeug brachte es auf 110, eine Schulklasse war mit einem Durchschnittswert von 70 bis 75 Dezibel nur unwesentlich leiser als ein Presslufthammer – und oft genug lauter. "Quiet, please", forderte Christopher seine Schüler auf. Sein Aussehen veranlasste andere Menschen immer wieder zu der Annahme, dass er englischer Muttersprachler sei, insbesondere wenn er erwähnte, dass er als Englischlehrer arbeitete. Doch sein einst als Soldat der US-Truppen in Deutschland stationierter Vater, hatte mit ihm und seiner Mutter stets Deutsch gesprochen. Kein besonders gutes Deutsch, wie Christopher sich erinnerte. Es war durchsetzt mit amerikanischen Ausdrücken, strotzte nur so vor Grammatikfehlern und ließ sich angesichts des breiten Südstaatenakzentes seines alten Herrn nur mir großer Mühe verstehen.

Dennoch war es seine Herkunft, die seine Liebe zur englischen Sprache geweckt hatte. Seine gesamte Kindheit hatten sie jedes Jahr die Großeltern in Amerika besucht, die anfangs in Alabama und später in Kalifornien gewohnt hatten. Der Geschmack von Hähnchen mit Maiskolben und Süßkartoffeln erinnerte ihn immer an diese Tage. Christopher und sein Vater waren beide hochgewachsene Männer, sein Großvater aber, war ein Gigant gewesen. Über zwei Meter groß, von Natur aus kräftig und von Jahrzehnten harter Arbeit in einem Stahlwerk so stark, dass sich selbst noch im hohen Alter die Muskeln unter seiner Kleidung abzeichneten. Seine Haut war so schwarz, dass der karamellbraune Christopher neben ihm blass aussah.

Seine Großmutter hatte Christopher dagegen als kleine, stets leicht gebückt gehende Frau in Erinnerung, die praktisch ohne Unterbrechung in der Küche arbeitete, während ihr Mann, ihr Sohn und ihr Enkel auf dem Garagenhof des kleinen weißen Hauses der Familie ihre Fähigkeiten im Basketball verbesserten. Um sich dort in Amerika mit Großeltern und Nachbarskindern verständigen zu können, hatte Christopher schon früh angefangen, systematisch Englisch zu lernen - und dabei immer wieder seinen Vater für die verpasste Chance der doppelten Muttersprachlichkeit verflucht, wenn er jemandem begegnete, der zweisprachig aufgewachsen war.

Obwohl es ihm gelang, die Grammatik des Englischen bis zur Perfektion zu meistern und sich einen riesigen Wortschatz anzueignen, blieb ihm ein leichter deutscher Akzent erhalten, der ihn verriet. Es war jener Singsang, der so unamerikanisch war wie für die Bevölkerung von Bonn, Christophers Heimatstadt, typisch.

"Schlagt euer Buch auf Seite 25 auf". Als wären sie in einer Zeitlupe gefangen, kamen die Schüler der Bitte in einer erschreckend langsamen Geschwindigkeit nach. Er las mit ihnen Hemingways "Der alte Mann und das Meer" und war jeden Tag aufs Neue befremdet, wie wenig die Teenager mit dieser Art von Literatur anfangen konnten - allerdings galt das ebenfalls für jede andere Art von Literatur. Sie versuchten, heimlich Blicke auf ihre Handys zu erhaschen, die sie verbotenerweise mit in den Unterricht brachten. Wurden diese eingesammelt, tauschten sie ganz traditionell Zettelchen aus. Christophers Liebe für Bücher ging mit seiner Liebe für Sprache einher, seit er zu lesen gelernt hatte. Insbesondere die Schriftsteller aus dem Land seines Vaters hatten es ihm angetan.

Schon im Grundschulalter verschlang er die Werke von Mark Twain, Arthur Miller, John Steinbeck und von dem Mann, der für ihn die Definition des amerikanischen Schriftstellers war: Ernest Hemingway.

Nicht, dass er während seiner eigenen Schulzeit stets ein braver Schüler gewesen wäre. Auch er hatte durch Strohhalme mit durch Spucke zusammengeklebten Papierkügelchen auf Mitschüler und Lehrkräfte geschossen, unter seinem Tisch Gummibärchen verzehrt, der hübschen Sarah schmachtende Blicke zugeworfen und während des Unterrichts obszöne Zeichnungen angefertigt. Ging es aber um Literatur, hatte seine volle Aufmerksamkeit nur dem Text vor ihm gegolten.

Hemingway bewirkte bei ihm weit mehr als nur ein tiefes Interesse. Der Verfasser von "Wem die Stunde schlägt", „Die Sturmfluten des Frühlings", „In einem anderen Land" und „Über den Fluss und in die Wälder" wurde Christophers Vorbild. Am liebsten wäre er sofort mit einem alten Kahn übers Mittelmeer gesegelt, um den Mahgreb und die Levante zu durchqueren, hätte auf einer Sonnenterrasse in Barcelona Cocktails geschlürft und wäre vor der Küste Kubas mit Haien geschwommen.

Christopher, der große Abenteurer, Schriftsteller und Reporter, das war die Zukunft, die ihm damals vorschwebte. "Das ist jetzt meine", sagte er zu dem sechzehnjährigen Max, der unter seinem Tisch mit einer Playstation Portable gespielt hatte, und nahm den Handheld an sich

Alice

Ihre Schwester erkannte Alice schon von weitem. Es war der leicht tänzelnde Gang, der Tamara selbst an den düstersten Tagen noch die Aura einer Prinzessin verlieh, der sie verriet. Tamaras Mitbewohner Lukas konnte sie erst nach einigen Momenten des Nachdenkens identifizieren. Den Mann, der neben den beiden ging, hatte sie noch nie gesehen. "Hallo Schwester", begrüßte Tamara sie und gab ihr rechts und links ein Küsschen, "wir möchten dir einen Vorschlag machen".

2. Kapitel

Sie hatten es tatsächlich getan. Diesmal war es nicht einfach beim Diskutieren und Pläne schmieden geblieben. Wochen der Vorbereitung lagen hinter ihnen. Von einem mulmigen Gefühl und gewissen Zukunftsängsten war keiner von ihnen verschont geblieben. Tamara, die nichts aufzugeben hatte und Lukas, der in dem Projekt primär eine Fortsetzung seiner bisherigen Anstrengungen sah, war es am Leichtesten gefallen, die Entscheidung zu treffen. Nico hatte, wie sich herausstellte, mit dem Verkauf von Hot Dogs besseres Geld verdient als mit dem Verfassen noch so brillanter Essays, Reportagen und Kommentare und musste sich überwinden, diese finanzielle Sicherheit aufs Spiel zu setzen. Letztendlich wurde ihm jedoch bewusst, dass er nie als Ziel vor Augen gehabt hatte, als der größte Hot Dog-Verkäufer aller Zeiten in die Geschichte einzugehen. Alice zweifelte zunächst daran, dass sie schon wieder bereit war, die schützenden Mauern des psychiatrischen Krankenhauses zu verlassen.

Die größten Bedenken hatte Christopher gehabt, der nach einer langen Zeit der Funkstille erstmals wieder von Alice gehört hatte. Er war Beamter, im Gegensatz zu den anderen plagten ihn keine monetären Schwierigkeiten und er gab eine Arbeit auf, die ihm auf Jahrzehnte ein sicheres Auskommen und im Alter eine üppige Pension garantierte. Dem ungeachtet hasste er seinen Lehrerjob. Als er sich für den Wechsel vom Journalismus ins Bildungswesen entschieden hatte, hatte er sich immer wieder die Wichtigkeit guter Schulen vor Augen gehalten, hatte sich ständig aufs Neue selbst gesagt, dass aller damit verbundenen Frustrationen zum Trotz nur in diesen jungen Jahren der Grundstein für jegliches Verständnis von Sprache und Kultur, für jede Liebe zu Literatur, für jede Leidenschaft für das, was sich zwischen Buchdeckeln verbarg, gelegt werden konnte.

Und dass es nach Kindheit und Jugend kaum noch eine Chance gab, echte Talente zu entdecken. Aber Christopher entdeckte keine Talente. Er starrte in die verständnis- und interesselosen Gesichter von Max und Sophie, von Kevin und Chantal, von Steffen und Emma. Den Versuch aufzugeben, ihnen etwas beizubringen, war für ihn der leichteste Teil. Schwierig war, sich zu einer Zusammenarbeit mit Alice zu entschließen, mit der ihn zahlreiche Erinnerungen verbanden - und längst nicht nur gute. Dennoch war er jetzt genau wie sie Teil eines Teams, das sich vorgenommen hatte, den Journalismus zu revolutionieren, in dem es ihn zu seinen Wurzeln zurückkehren ließ.

Im Minerva-Magazin sollten Reportagen erscheinen, die die jeweiligen Autoren selbst vor Ort recherchiert hatten. Keine auf Agenturmeldungen basierenden Nachrichten, Interviews nur, wenn sie sich in die Reportagen einbinden ließen und Meinungsartikel nur als so gekennzeichnete Kommentare und nur im Zusammenhang mit den Reportagen selbst recherchierten Themen.Dass jemand aus dem 3900 Kilometer entfernten Singapur über Terroranschläge in Mumbai berichtete, wie 2008 in der ARD geschehen, würde bei ihnen nicht passieren. Aussagen von Zeugen sollten miteinander verglichen und relevante Dokumente persönlich in Augenschein genommen werden. Außerdem hatten sie sich darauf geeinigt, nur selbst angefertigte Fotos zu verwenden.

Kalifornien

Seit Christoph Kolumbus 1492 erstmals
seinen Fuß auf amerikanischen Boden
setzte, ist die Neue Welt Stoff für Legen-
den. Für die Suche nach einem besseren
Leben, das jede Strapaze und jede Mühsal
wert zu sein scheint. Eine Welt, die die
Vereinigten Staaten hervorgebracht hat,
deren Ruf als gelobtes Land selbst im 21.
Jahrhundert noch so weit in die Welt er-
schallt, dass sich Jahr für Jahr Millionen
in Richtung ihrer Grenzen aufmachen.
Millionen, von denen etliche auf ihrem
Weg scheitern. Für diejenigen aber, die es
schaffen, gibt es noch eine andere Le-
gende, das gelobte Land des gelobten Landes: Kalifornien. Von der niederkaliforni-
schen Wüste im Süden bis zu den
verschneiten Bergen um Lake Tahoe im
Norden erstreckt sich entlang der pazifi-
schen Küste jener Staat, der der Traum-
fabrik Hollywoods, den Ingenieuren und
Programmierern des Silicon Valley und
den Forschern so berühmter Universitä-
ten wie Berkeley und Stanford eine Hei-
mat bietet.

Der Goldrausch, der 1849 die Inbesitz-
nahme des Landes einleitete, hält bis
heute an. Zwar suchen die Wenigsten
noch nach physischem Gold. Aber das
Versprechen von Reichtum und Glück ist
geblieben. Nico knipste ein Foto nach dem
anderem. Allein die Dimensionen des Kaf-
feebechers und des Donuts auf dem Früh-
stückstablett vor Lukas wären eine Auf-
nahme wert gewesen. Das passte zur
Größe von Los Angeles, jener Metropole,
in der Nico und Lukas am Vortag gelandet
waren. Für eine der ersten beiden Reportagen waren die zwei alten Kumpels in die
Vereinigten Staaten gereist, während
Christopher und die Mädels Näheres über
den Anschlag auf das Roboterfußballspiel
recherchierten. Zwar hatte sich die Frage
gestellt, ob sich nicht Lukas und Nico, die
während des Anschlags vor Ort befunden
hatten, um diesen kümmern sollten. Aber
Christopher musste noch eine Kündi-
gungsfrist einhalten, Alice hatte Bedenken, unmittelbar nach ihrer Selbstentlas-
sung aus der Psychiatrie eine so lange
Reise in Angriff zu nehmen und Tamara
wollte ein Auge auf ihre Schwester haben.

Deshalb hatten sie ihren neuen Kollegen so viele Informationen wie möglich zur Verfügung gestellt und sich selbst auf den Weg in die Vereinigten Staaten gemacht. "Ich hatte nie vor, dieses Land zu besuchen, aber ich gebe zu, die Donuts sind lecker", sagte Lukas und biss ein großes Stück von dem doppelt mit Schokolade glasierten Gebäck ab. "Warum wolltest du nicht hierhin?" "Die üblichen Gründe. Mir gefällt nicht, wie sehr uns die amerikanische Kultur dominiert. Mit Halloween und Valentinstag haben die uns sogar ihre Feiertage aufgedrückt. Egal, in welche Stadt ich komme, überall gibt es nur noch amerikanische Ketten, deren Läden alle gleich aussehen und die gleichen Produkte verkaufen: McDonald's, Starbucks, Dunkin' Donuts, Subway, Burger King und was weiß ich noch alles.

Ich will nicht, dass die NSA weiß, ob sich auf meinem Handy Nacktaufnahmen von mir und meinen Ex-Flammen befinden und ich stehe der amerikanischen Außenpolitik mit Skepsis gegenüber - es ist allgemein bekannt, dass die Vorläufer der Taliban zuerst von ihnen hochgerüstet wurden und auch der Islamische Staat rekrutiert sich in großen Teilen aus der von den USA ausgestatteten irakischen Armee." "Niemand ist gezwungen, zu McDonald's zu gehen. Der gesamte Erfolg solcher Ketten basiert auf der Nachfrage der Kunden. Ob du zu einer Halloween-Party gehst, bleibt dir auch selbst überlassen. Und kein internationaler Konflikt der letzten Jahrzehnte hat seinen Anfang tatsächlich in den USA genommen. Afghanistan war ein Zufluchtsort für Terroristen. Als die Taliban dort an der Macht waren, haben sie sogar Ärzte angegriffen, die Frauen in einem Krankenhaus behandelt haben. Und Saddam Hussein hat Selbstmordanschläge in Israel mit Geld und Ressourcen unterstützt und die Kurden im eigenen Land mit Giftgas-Raketen beschossen - Frauen und Kinder inklusive.

Mit Kuwait hat er in den 90ern einen souveränen Staat besetzt, um an dessen Öl zu kommen und auch in Vietnam war es der kommunistische Norden von dem die ersten Attacken auf den Süden ausgingen." Lukas hatte aufmerksam zugehört. Schon immer hatte er Nicos umfassende politische und historische Bildung bewundert.

Nico schien nicht nur jedes aktuelle Staatsoberhaupt zu kennen, sondern auch die Hobbys, sexuellen Vorlieben und Essgewohnheiten von Menschen wie die des früheren burmesischen Diktators Ne Win, der in Delfinblut badete, um sich Jugend und Vitalität zu erhalten und das stolze Alter von 91 Jahren erreichte. Wie die des einstigen Premierministers von Albanien, Enver Hoxha, der neben dem Besitz von Farbfernsehgeräten oder Schreibmaschinen auch das Tragen von Bärten verbot, da er sie als unvereinbar mit dem Kommunismus betrachtete oder des früheren US-Präsidenten George Bush Sr., der sich während eines Empfangs auf den japanischen Premier Kiichi erbrach.

Es beeindruckte ihn, wie Nico in der Lage war, das, was sich gemeinhin als die "Mainstream-Meinung" bezeichnen ließ, binnen Sekunden dank seines Wissens regelmäßig als vorurteilsbeladenen Irrtum zu entlarven. In diesem Fall glaubte er allerdings, dass Nicos Argumentation zu kurz griff. Konzerne wie McDonald's nutzten die soziale Natur des Menschen und bauten auf Gruppendruck.

Mit ihren Clowns und Spielplätzen und Spielzeugfiguren sprachen sie gezielt Kinder an, damit diese ihre Eltern und Großeltern zum Besuch der Restaurants nötigten, deren überall dominante Präsenz dafür sorgte, dass ihre ständige Verfügbarkeit als selbstverständlich wahrgenommen wurde.

Sich dem zu entziehen, was als normal galt, bedeutete, sich selbst sozial auszuschließen - darauf hatten schon die Regierungen von scheindemokratischen, sozialistischen Diktaturen wie der DDR gesetzt, in der es nie ein Gesetz gegeben hatte, dass irgendjemanden gezwungen hätte, in die SED oder die FDJ einzutreten, und in der im Prinzip sogar die Verweigerung des Kriegsdienstes an der Waffe möglich war - aber dass erforderte eine Courage, die kaum einer aufzubringen vermochte. Die nordvietnamesische Aggression rechtfertigte in seinen Augen nicht den Einsatz von Agent Orange, das noch heute zu schweren Behinderungen bei Neugeborenen in Südostasien führte und dass der IS die Nachfolge Saddams angetreten hatte, ließ dessen Beseitigung zumindest fragwürdig erscheinen. Er wusste aber, dass es riskant war, sich auf eine Diskussion mit Nico einzulassen - noch nie hatte er erlebt, dass diesem die Argumente ausgingen.

Darüber hinaus besann er sich darauf, was sie sich zu tun geschworen hatten: Vor Ort gründlich zu recherchieren, umfassend und neutral zu berichten und sich erst dann eine Meinung zu bilden, wenn sie mit der Materie ausreichend vertraut waren. Er beschloss, Amerika die Chance zu geben, ihn zu überraschen. Und die erste Überraschung ließ nicht lange auf sich warten, als Police Sergeant Thomas J. Hunter das Restaurant betrat, in dem Lukas und Nico auf ihn warteten.

Seit dem Tode des schwarzen amerikanischen Jugendlichen Michael Brown im Sommer 2014, der nach einem Ladendiebstahl von einem Polizisten angehalten, mit diesem in eine Auseinandersetzung geraten und dabei erschossen worden war, hatten sie die Nachrichten beherrscht, die Fälle von Polizeigewalt in den Vereinigten Staaten, in denen unbewaffnete Afroamerikaner von Cops getötet wurden. Und ihrer gab es viele. Zu viele.

Lukas und Nico waren mit Hunter in Kontakt getreten, weil er der Sprecher der Vereinigung "True Cops" war, einem Zusammenschluss von Polizisten, die sich als zu Unrecht ins Kreuzfeuer der Medien stehende Ordnungshüter betrachteten. Lukas hatte mit einem Redneck gerechnet. Einem schnauzbärtigen, in seine Waffe vernarrten Vertreter der Law & Order-Fraktion.

Thomas J. Hunter trug keinen Schnauzbart. Er war ein sich kerzengerader haltender Mann mit tiefen Schatten unter den Augen. Seine graumelierten Schläfen gaben einen Hinweis auf sein tatsächliches Alter, aber sein drahtiger Körper sah aus wie der eines sportlichen Dreißigjährigen. Und er war schwarz.

Er begrüßte die beiden mit einem für amerikanische Verhältnisse untypisch festen Händedruck und dem typischen "Schön, euch zu kennenlernen." "Ich würde gerne mal nach Deutschland", führte er nach der entsprechenden Erwiderung seitens seiner Gesprächspartner die Unterhaltung fort, "meine Frau will unbedingt nach Paris, aber mich reizt Deutschland mehr. Ich hab' gehört, da soll es das beste Bier der Welt geben und alte Schlösser sehe ich mir auch gerne an." "Ich kann Ihnen gerne noch einige Tipps geben, es gibt bei uns einiges zu sehen. Auch wenn Paris zugegebenermaßen auch nicht zu verachten ist", antwortete Nico. Er wollte auf keinen Fall unhöflich erscheinen. Hunter hatte sich Zeit für sie genommen, zwei völlig Fremde aus einem fernen Land, die gekommen waren, um über Missstände in seinem Beruf zu berichten. Dass er mit ihnen sprach, würde bei seinen Vorgesetzten und Kollegen mit Sicherheit nicht nur Begeisterung hervorrufen. Trotzdem hatte er keine Lust, allzu viel Zeit mit Floskeln zu verschwenden. Hunter hatte seine Gedanken offenbar erraten.

"Keine Sorge, ich komme gleich zum Wesentlichen. Ich hab' jede Menge von dem gelesen, was die Presse über uns schreibt. Auch einige europäische Artikel, die auf Englisch verfügbar waren.

Nach denen müsst ihr glauben, die Polizei hier bestehe hauptsächlich aus bis an die Zähne bewaffneten Rassisten, die nur darauf warten, den nächsten Neger, der ihren Weg kreuzt, mit Blei vollzupumpen und ein paar Alibi-Schwarzen wie mir, die sich als Hausnigger des 21. Jahrhunderts bei ihren neuen Herren einschleimen." "Zumindest in einigen Fällen wirkt es so. Im Fall von Walter Scott, gab es sogar ein Video, das zeigt wie ein Cop ihm in den Rücken schießt, als er flieht und nachträglich den Tatort manipuliert, um es wie Notwehr aussehen zu lassen." "Ja, es gab diesen Fall. Dieser Cop ist ein Mörder und deswegen steht er auch unter Mordanklage, ich kann nur hoffen, dass er verurteilt wird, dann sitzt er mindestens 30 Jahre.

Natürlich gibt es sie, diese verdammten Arschlöcher, die jeden Schwarzen für ein Drogen vertickendes Gangmitglied halten, das man besser heute als morgen abknallt. Aber die sind die absolute Minderheit. Es gibt mehr als eine Million Polizisten in den USA. Wo immer man eine so große Gruppe von Menschen findet, kann man sich einer Sache sicher sein: Ein paar Mörder, Kinderschänder, Vergewaltiger, Betrüger und wer weiß, was sonst noch für Gesocks, sind dabei. Für all die anderen aber gilt etwas ganz anderes. Für sie gilt, dass sie sich freiwillig entschieden haben, ihr Leben für nicht gerade sehr viel Geld dem Schutz ihrer Mitmenschen zu widmen. In den letzten zehn Jahren sind mehr als 1500 Gesetzeshüter in diesem Land im Dienst getötet worden. Einer alle 58 Stunden. Dazu kommen tausende Verletze, manche davon können nie wieder gehen oder nie wieder sprechen oder nie wieder ohne Katheter pissen."

Hunter hatte zu Beginn des Gesprächs seine Sicht der Dinge mit einer sonoren und souveränen Stimme erläutert, die an einen Erzähler aus einem Kinofilm erinnerte. Jetzt aber redete er sich in Rage. „Sie haben keine Ahnung, wie oft wir während unserer Arbeit beleidigt, geschlagen, bespuckt werden. Und vergessen Sie nicht, dass hier jeder sechzehnjährige Möchtegern-Gangster, dem die Hose in den Knien hängt, eine Waffe hat. Erst letzte Woche habe ich einen Elftklässler festgenommen, der eine AK-47 und zwei Handgranaten im Kofferraum seines Autos spazieren fuhr." „Aber ist es nicht trotzdem so, dass Schwarze sehr viel stärker gefährdet sind, von Polizisten getötet zu werden?", warf Lukas ein. „Vielleicht, aber glauben Sie, die Cops sind das schuld? Schuld sind die verdammten Gangs. Sie sind überall und sie sind die Pest. Manche glauben inzwischen, die größte Gefahr für afroamerikanische Jugendliche wäre, von einem Polizisten erschossen zu werden.

Was für ein Schwachsinn. Die größte Gefahr ist seit Jahrzehnten, von einem Gangmitglied mit derselben Hautfarbe getötet zu werden. Beinahe jeder zwanzigste schwarze Amerikaner wird ermordet und in mehr als 90 Prozent der Fälle ist der Täter ein anderer schwarzer Amerikaner . Und wissen Sie, was ein Cop, der es mit diesem Wahnsinn aufzunehmen versucht, verdient? Nicht mal 50.000 Dollar im Jahr. Wissen Sie, ich will, dass die ganze Welt die Wahrheit über das erfährt, was hier abgeht. Aber dafür reicht es nicht, wenn ich Ihnen beiden erzähle, was ich denke. Ich habe einen Vorschlag zu machen."

Christopher

Christopher kühlte sich sein blaues Auge
mit einem Eisbeutel. Die Kälte half, aber
weh tat es weiterhin. Er hatte befürchtet,
dass etwas Derartiges passieren könnte,
allerdings nicht damit, dass es so schnell
gehen würde. Sie hatten im Wohnzimmer
von Tamaras WG gesessen, um das weitere Vorgehen zu besprechen. Polizei und
Staatsanwaltschaft gaben mit dem Hinweis auf laufende Ermittlungen noch
keine Informationen zu dem Anschlag auf
das Roboterfußballspiel heraus. "Ich
kenne einen Ingenieur, der in seiner Freizeit solche Roboter baut", hatte Christopher gesagt, "mit dem können wir sprechen." "Natürlich, Mr. Wichtig kennt den
richtigen Mann", hatte Alice ihn unterbro-
chen. Vielleicht hatte das ironisch klingen
sollen. Stattdessen war es jedoch durch
jenen aggressiven Unterton gekennzeich-
net, der bei Christopher ungute Erinnerungen weckte. Erinnerungen an zerbro-
chenes Geschirr und fliegende
Untertassen jenseits jeglicher Ufologie.

An Schrei- und Heulkrämpfe und knallende Türen, an Vorwürfe, die einem das Blut in den Adern gefrieren ließen und an Drohungen, die keineswegs immer nur leerer Natur waren. Und er konnte und wollte es nicht länger ertragen. Mehr als drei Jahre seines Lebens hatte er in das Wohlbefinden dieser Frau investiert. Sicher hatten sie ihre guten Zeiten gehabt.

Als er Alice kennenlernte, zeigte Christopher sich beeindruckt von ihren vielseitigen Interessen, sie spielte Geige und kannte sich mit klassischer und Jazz-Musik aus, sie liebte Literatur und besuchte regelmäßig Lesungen, fuhr Fahrrad, ging Schwimmen und konnte ein Steak in einer Weise braten, das ihm schon der Gedanke daran das Wasser im Mund zusammenlaufen ließ. Aber ihr Lächeln hatten auch da schon die tiefschwarzen Schatten in ihrem Gesicht getrübt. Zeugnisse jener viel zu vielen Nächte, in denen Alice sich von einer Seite des Bettes auf die andere wälzte und keine Ruhe fand.

Das letzte Jahr ihrer Beziehung hatte de facto aus einem nicht enden wollenden Trennungsprozess bestanden. Nach dem er diese Zeit der Selbstmorddrohungen, des vermeintlichen Versöhnungssexes, der verbalen Attacken, in denen er sich unter anderem als Lügner, Narzisst, Feigling, Schlappschwanz und Egozentriker beschimpfen lassen musste und der körperliche Angriffe, in deren Rahmen er geworfenen Schuhen ausgewichen war, Kratz- und Bisswunden erlitten hatte und ein Mal sogar mit einem Messer attackiert wurde, waren auch seine eigenen Augen so stark umrandet, dass selbst seine dunkle Hautfarbe dies nicht länger verschleiern konnte. Als sie bei der Besprechung ihren Spruch abgelassen hatte, hatte er beschlossen, sofort für klare Verhältnisse zu sorgen. Und war kurz danach zurückgetaumelt nachdem Alice auf sein "Du hältst die Klappe!", mit einem Faustschlag in seine Visage reagiert hatte. Tamara brachte ihm ein Glas Apfelschorle. "Es tut ihr leid", sagte sie. Natürlich tat es das. Alice konnte immer wieder überzeugend darlegen, dass sie ihre Ausraster bereute.

Andernfalls hätte Christopher nie so lange an ihr festgehalten. Gleichzeitig schaffte sie es immer wieder, sich als Opfer darzustellen. Jetzt lag sie im Bett in ihrer Schwester und heulte und schluchzte in einer Weise, dass noch das kälteste Herz sich im Fluss der Tränen erweichen musste. Doch er wollte sich nicht noch einmal darauf einlassen. "Genug! Genug!", schien es in ihm zu schreien. "Wir werden erst einmal ohne sie arbeiten", beschloss er. Tamara wollte ihre Schwester verteidigen, wohlwissend, dass sie keine guten Argumente auf ihrer Seite hatte. Alice hatte sie schon zu oft enttäuscht. Hatte mit ihren furienhaften Ausbrüchen alles zunichte gemacht, nachdem Tamara für sie gebettelt und gefleht und ihre Hand ins Feuer gelegt hatte. Tims Werkstatt war ein heilloses Durcheinander.

Auf einer Fläche von fast 100 Quadrametern stapelten sich in seinem Keller Gegenstände, von denen sich die meisten wohl am besten als "Vintage-Elektronik" beschreiben ließen: Schallplattenspieler mit integriertem Monolautsprecher, die schon in den 1970er Jahren als unmodern gegolten hatten, Kassettenrekorder, auf denen einst die Abenteuer von Benjamin Blümchen, Bibi Blocksberg, Jan Tenner, Asterix und He-Man rauf- und runtergelaufen waren, Walkie-Talkies, auf denen die Herstellerfirma stolz vermerkt hatte, dass die Geräte über einen ganzen Kilometer Reichweite verfügten, Kofferradios, eine Atari-Spielkonsole und ein ferngesteuertes Flugzeug aus einer Zeit, in der Drohnen und Quadrocopter allenfalls in Science-Fiction-Filmen existiert hatten. Dazwischen alte Chemie- und Physikbaukästen, Fachzeitschriften und Sachbücher aus dem vergangenen Jahrtausend und ein Tisch, vor dem Tim stand und mit einem sehr feinen Schraubenzieher einem beschädigten Fußballroboter zu einem neuen Fuß verhalf

Im Gegensatz zum Rest des Raumes waren die auf diesem Tisch befindlichen Werkzeuge und Anleitungen in penibler Weise geordnet. "Also Tim", fragte Christopher, "wer würde einen Terroranschlag auf ein Fußballroboterspiel verüben?" Tim zuckte mit den Schultern. "Schwer zu sagen", antwortete er, "wenn es jemandem darum geht, Angst und Schrecken zu verbreiten, kommt im Prinzip jeder infrage, der auch woanders einen Terroranschlag verüben würde: Islamisten, Rote Brigaden, Neonazis oder einer der klassischen verwirrten Einzeltäter. Aber wenn es einen Zusammenhang mit dem Spiel selbst geben sollte, würde ich vermuten, fanatisierte Fans." "Beim Roboterfußball?" "Oh, glaub' mir, die gibt es. Sie sind zwar nicht so bekannt, weil sie sich nicht wie Hooligans auf irgendwelchen Plätzen verabreden, um sich gegenseitig die Fresse einzuschlagen, aber wenn du in die entsprechenden Internetforen gehst, ist der Tonfall dort auch alles andere als friedlich. Einige machen sich wahrscheinlich einen Spaß daraus, aber ich bin sicher, dass ein Teil der Beleidigungen und Drohungen da durchaus auch so gemeint ist.

Und vergiss nicht, die meisten, die sich in diesen Foren herumtreiben, sind Technikfreaks. Die könnten in der Lage sein, eine Bombe zu bauen."

Lukas

Lukas und Nico bemühtem sich beide, so cool wie möglich auszusehen. Sie fanden, dass sich dies so gehörte, wenn man in einem amerikanischen Streifenwagen, einem echten Ford Crown Victoria Police Interceptor, mitgenommen wurde. Hunter hatte ihnen ein Angebot gemacht, das sie nicht ablehnen konnten: Zwei Wochen lang durften sie jeden Tag die Cops bei ihrer Arbeit begleiten. Ihnen war klar, dass Hunter ihnen dies nicht aus purer Selbstlosigkeit ermöglichte. Wie die embedded journalists des Irakkrieges, die in militärische Einheiten integriert wurden, sollten auch sie die Welt durch die Augen der Gesetzeshüter sehen.

Deshalb cruisten sie jetzt auf der Rückbank eines von Chad und Ryan besetzten Fahrzeugs die Straße entlang. Die Reste von Chads nur noch spärlich vorhandenem Haar waren immer noch so feuerrot, dass sie seine irische Herkunft verrieten. Gleichzeitig ließ seine gewaltige Körperfülle auf seine Vorliebe für Fast Food schließen, insbesondere für die Eimer mit Hähnchenschenkeln, die KFC zu verkaufen pflegte. In Kombination mit seiner Körperlänge von 204 Zentimetern und seinen durch Jahre des Krafttrainings so gestählten Armen, dass sie selbst bei einem Bauchumfang der Lenkradspuren auf der Wampe unvermeidlich werden ließ, kein Fett angesetzt hatten, erinnerte er an einen Ringer, auch wenn Lukas vor allem an die Videospielfigur Blanca denken musste. Sein Partner Ryan war ein drahtiger Schwarzer, der mit seinen 1,68 Metern durch den Größenunterschied fast wie ein Zwerg wirkte, den man zumindest optisch eher auf einer Standup-Comedy-Bühne als auf den Vordersitzen eines Polizeiautos erwartet hätte. Dieser Eindruck wurde noch dadurch verstärkt, dass Ryan permanent grinste und dabei seine strahlenden weißen Zähne aufblitzen ließ.

Gesprochen hatten bisher weder er noch sein Partner mehr als das absolut Notwendige. Die Cops schienen über die Begleiter als Deutschland nicht erfreut zu sein. Nico versuchte, Chad in ein Gespräch zu verwickeln. "Warum sind Sie zu Polizei gegangen?" "Um zu schützen und zu dienen." "Und entspricht der Polizeialltag den Vorstellungen, die sie ursprünglich hatten?" "Ja." "Was gefällt Ihnen am Besten an Ihrem Beruf?" "Dass er abwechslungsreich ist und ich der Gesellschaft einen Dienst leisten kann.""Was war die gefährlichste Situation, in der sie bisher waren?" "Jede Streife ist gefährlich." "Haben Sie manchmal Angst?" "Manchmal." Mehr als standardisierte Minimalantworten waren dem Mann nicht zu entlocken. Er würde es zu einem späteren Zeitpunkt bei Ryan versuchen, gegenwärtig hielt er dies für wenig aussichtsreich. Schweigend setzten sie ihre Fahrt fort. Schon, als Hunter sie auf der Wache vorgestellt hatte, war klar geworden, dass einige der Polizisten ihnen mit großer Skepsis, andere sogar mit offener Feindseligkeit gegenüberstanden.

"Verpiss dich, bloody Kraut", hatte ein Mitglied eines SWAT-Teams Nico zugeflüstert, als er ihm gerade die Hand entgegenstreckte. Andere waren begeistert über den Besuch und stellten neugierig Fragen über deutsches Bier, deutsche Frauen, deutsche Autos und wie es ihnen bisher in Kalifornien gefiel. Nach fast drei Stunden des wortlosen Herumfahrens wurden Chad und Ryan zu einem Einsatz gerufen. Schlagartig änderte sich die Atmosphäre in dem Streifenwagen. Alle Insassen nahmen eine angespannte Haltung ein, und als das Martinshorn ertönte und das Blaulicht zu funkeln begann, waren jegliche Anzeichen von Langeweile oder abschweifenden Gedanken verschwunden. Ryan bestätigte über Funk, dass sie zu dem Trailerpark fahren würden, in dem jemand einen Fall häuslicher Gewalt gemeldet hatte. Ein neunundzwanzig Jahre alter Mann hatte beim Surfen im Internet seine Frau in einem Homegrown Porno mit einem seiner Arbeitskollegen bei Taco Bell entdeckt und ihr daraufhin eine so schallende Ohrfeige verpasst, dass ihre Lippen zu bluten angefangen und sich ein Zahn gelockert hatte.

Die Frau war dann mit einem Steakmesser auf ihren Gatten losgegangen, was er ihr aber hatte entwenden können, um ihr noch eine zu verpassen. Das anschließende Geschrei war es, was die Nachbarn zum Absetzen eines Notrufs veranlasst hatte. Auch die anderen Einsätze von Chad und Ryan erinnerten Nico sehr an jene Fälle, die er bei der deutschen Polizei gesehen hatte, als er vor Jahren mal für eine andere Reportage einige Tage in einer Bochumer Streife mitgefahren war. Die Beiden verhafteten einen siebzehnjährigen Kleindealer, der so betont unauffällig an einer Straßenecke stand, dass er einfach Verdacht erregen musste, sie wiesen einen Ruhestörer an, seine Musik leiser zu stellen, sie nahmen die Personalien und Aussagen der Beteiligten bei einem Verkehrsunfall mit Blechschaden auf, brachten einen randalierenden Obdachlosen in eine Ausnüchterungszelle und kümmerten sich um eine Anzeige gegen einen jugendlichen Ladendieb.

Lukas fühlte sich angesichts der wenig spektakulären Einsätze erneut gelangweilt und ging in Gedanken potenzielle Ausflugsziele durch. Nico fragte sich, wie sich die bisherigen Erlebnisse trotzdem zu einer lesenswerten Reportage verarbeiten lassen würden. Kurz nach Einbruch der Dunkelheit sollte sich diese Frage nicht mehr stellen. Sie hielten an einem Hot Dog-Stand, um sich mit einem Snack bei Kräften zu halten.

Der Stand wurde von einem weißbärtigen Puerto Ricaner betrieben, der aussah, als müsste er mindestens achtzig Jahre alt sein. Seine Bewegungen wirkten jedoch so agil wie die eines sehr viel jüngeren Mannes und mit seiner Position direkt vor einer Shopping Mall hatte er einen bemerkenswert lukrativen Standort für sein Geschäft gefunden. Laut Chad, der langsam etwas freundlicher zu werden schien, gab es an diesem Stand die besten Hot Dogs der Stadt.

"Mit knackigen Würstchen, frischem Brot und der idealen Kombinations aus Ketchup und Senf", behauptete er. Es war der alte Hot Dog-Verkäufer, den die erste Kugel traf.

Alice

"Wenn wir euch kriegen, machen wir Bulletten aus euch. Die servieren wir dann euren Nuttenmüttern nach dem Fick für 5 Euro direkt ans Bett."; "Was braucht man, um einen FU-Warriors-Fan zu zeugen? Eine dumme Sau, einen geilen Ossi und einen guten Tierarzt."; "Da ziehen 1000 Clevers vorbei, wie ein grün-weißer Strich, warum töten wir sie nicht?"; "Wir trinken das Blut unserer Feinde aus den ausgehöhlten Köpfen ihrer Lieblingsroboter!"; "Und wir wollten eure Gehirne essen. Waren aber nirgendwo zu finden!"

Trotz des unbestreitbar aggressiven Tons in den Roboterfußballfanforen wirkten die meisten Einträge wie bewusste satirische Übertreibungen der im regulären Fußball üblichen Beleidigungen. Ein User, der sich das Pseudonym Arnold van Damme verliehen hatte, kannte allerdings überhaupt keine Grenzen. Er war offenbar in der Lage, sich in die Profile anderer Nutzer zu hacken und veröffentlichte deren Fotos, Handynummern und in manchen Fällen sogar Privatadressen.

Die Moderatoren der Portale gaben sich alle Mühe, ihn zu sperren, doch es gelang ihm immer wieder, sich erneut anzumelden. Auch Anzeigen bei der Polizei, die einige Portalbetreiber gestellt hatten, waren offenbar im Sande verlaufen. „Also, Arnold van Damme", sagte Christopher, „dann wollen wir dich mal aufspüren." Alice war ebenfalls auf Arnold van Damme gestoßen.

Sie recherchierte allein von der Bibliothek
der Freien Universität Berlin aus, da
Tamara und Christopher sich in der WG
aufhielten und sie über keine eigene Wohnung verfügte – ihr altes Zimmer hatte sie
aus finanziellen Gründen aufgeben müssen. Sie bereute zwar ihren Wutanfall,
sah aber trotzdem nicht ein, dass die anderen beiden sie außenvor lassen wollten.

Zudem hatte sie nicht vor, sich zu ent-
schuldigen. Sie war überzeugt, dass
Christopher sehr genau wusste, wie leicht
er sie provozieren konnte und dass er dies
manchmal bewusst ausnutzte, um sie
vorzuführen. Vielleicht war es gerade ihre
Übersensibilität, die ihr zu ihren Fähigkeiten verhalf. Ihre feine Wahrnehmung
machte sie zu in einer guten Beobachte-
rin, die Nuancen und Andeutungen in Ge-
sprächen sehr schnell bemerkte, die sofort wusste, wenn sich in einem Raum
etwas veränderte, es fiel ihr leicht, Lügner
zu entlarven und Strategien zu durch-
schauen. Gleichzeitig brachten selbst
kleine Ablenkungen sie aus der Ruhe.

Ein störendes Geräusch, eine ungeschickte Bemerkung führten dann zu ihrer gefürchteten Raserei, meist gepaart mit einer nicht an Unterstellungen sparenden Paranoia. Wenn es ihr dagegen gelang, cool zu bleiben, hatte sie beim Recherchieren die Nase vorn. Dann war sie nicht bereit, aufzugeben, mobilisierte all ihre Ressourcen, verbrachte Tage und Nächte vor dem Computer, in Bibliotheken oder Archiven, kontaktiere jeden Experten, der auch nur das geringste über das fragliche Thema wusste und vereinbarte wenn möglich ein persönliches Treffen, besuchte die relevanten Orte immer wieder aufs Neue und suchte sie nach Details ab, die ihr möglicherweise beim ersten Mal entgangen waren. Bei Klausuren war es ihr oft schwergefallen , sich in Räumen, die eher selten so ruhig waren, wie sie sein sollten, stundenlang zu konzentrieren. Dagegen waren die Hausarbeiten, die sie während ihres Studiums geschrieben hatte, an Perfektion praktisch nicht zu überbieten gewesen. Und auch diesmal war sie Arnold van Damme dicht auf der Spur.

Waldhütte

Er war es gewohnt akkurat zu arbeiten.
Mit der für ihn üblichen Präzision setzte
er die Bombe zusammen. Sie war klassischer Bauart. Sprengsätze dieses Typs
waren in den 1960er Jahren in Israel regelmäßig von terroristischen Gruppierun-
gen eingesetzt worden. Versteckt in Autos,
in Kühlschränken, in Umzugskisten, zwischen Bananenstauden und in Fahrradta-
schen. Moderne Sprengstoffsuchgeräte
des Militärs könnten eine derartige Kon-
struktion aufspüren und auch einige spe-
ziell abgerichtete Hunde würden auf sie
anschlagen. Aber die deutsche Polizei besaß solche Geräte nicht an allen Standor-
ten und Hunde kamen höchstens an
Flughäfen zum Einsatz. Die in Krisenregi-
onen mit Landminenproblemen mögliche
Sprengstoffsuche mit Ratten und Bienen
war in Deutschland de facto nicht exis-
tent. Und wenn die Bombe auch einfach
sein mochte, so war sie deswegen keineswegs weniger tödlich.

Er baute sie nach einer Anleitung aus einem Buch, nicht aus dem Internet. Er hasste das Netz. Jede nach 1914 entwickelte Technologie wollte er so weit wie möglich vermeiden. Wenn die Nutzung eines Computers unerlässlich erschien, suchte er eine Bibliothek oder ein Internetcafé auf. Bücher dagegen stapelten sich überall in der Hütte. Ein Holzofen diente gleichzeitig als Heizung und als Herd. An der der Tür gegenüberliegenden Wand hing ein Jagdgewehr aus dem 19. Jahrhundert.

Wenn die Sonne abends im Westen stand und ihre Strahlen durch das kleine Fenster fielen, brachten sie den Lauf der Waffe zum Funkeln. Er war einer von denen, die schon immer die Welt hatten verändern wollen. Als Teenager war er zu Demonstrationen gegangen, während seine Altersgenossen sich mehr dafür interessiert hatten, ihre Fähigkeiten im Basketball, Küssen oder Playstation spielen zu verbessern.

Er demonstrierte gegen Atomkraftwerke, Castortransporte, Gentechnik, Bundeswehreinsätze, Bauprojekte und Braunkohletagebau. Damals hatte er sich stets auf das gewaltfreie Demonstrieren beschränkt. Es wäre ihm nicht in den Sinn gekommen, Steine oder Molotow-Cocktails zu werfen, wie es die regelmäßig bei den Protesten zu findenden Mitglieder des Schwarzen Blocks und diverser Antifa-Gruppierungen taten. Er verbrannte oder besudelte auch keine Deutschland-Fahnen. Er befasste sich mit Gandhi und mit Martin Luther King und ihren Theorien des gewaltfreien Widerstands, las ihre Werke und Biografien. Mit viel Mühe lernte er Latein und Griechisch, um sich mit den Originalquellen der Lebensgeschichten einiger Heiliger wie Franziskus oder Benedikt auseinandersetzen zu können. Bald beherrschte er diese Sprachen besser als mancher Altphilologe. Er wollte eine bessere Welt schaffen. Es ging ihm nicht um Hass. Nicht zu dieser Zeit.

Lukas

Die Schießerei selbst dauerte nur einige
Sekunden. Aus einem fahrenden Auto
heraus eröffneten Gang-Mitglieder das
Feuer auf die in der Nähe des Hot Dog-
Standes versammelten Menschen. Die
beiden Schützen benutzten Maschinen-
pistolen, deren Magazine sie komplett
leerten, bevor sie sich mit quietschenden
Reifen aus dem Staub machten. Chad
und Ryan hatten sich sofort auf den Boden geworfen, als es losging, wobei Ryan
noch in heldenhafter Manier ein etwa
neunjähriges Mädchen mit seinem Körper
geschützt hatte. Die Mutter des Mädchens
gehört zu jenen, die das plötzliche Inferno
nicht überlebt hatten. Ihr regloser Körper
lag mit weit aufgerissenen Augen in einer
Lache aus Blut und Gehirnmasse, ausge-
treten aus gleich mehreren Durchschüs-
sen in ihrem Kopf. Es schien, als hätten
die Attentäter einfach wahllos in die
Menge geschossen, nicht zielgerichtet und
nur darauf aus, Schaden anzurichten und
Angst und Schrecken zu verbreiten.

Lukas und Nico hatten, genauso wie Chad und Ryan, überlebt. Eine Kugel hatte Lukas' Schulter gestreift, war jedoch nicht in sein Fleisch eingedrungen. Die anderen drei waren unverletzt. So glücklich konnte sich der alte Hot-Dog-Verkäufer nicht schätzen. Ein Schuss hatte erst die vor ihm stehende Senfflasche durchschlagen und ihn anschließend in den Bauch getroffen. Der auf ihn gespritzte Senf verlieh dem aus der Wunde austretenden Blut eine Farbe, die stark an jene Sauce erinnerte, mit der er seine Hot Dogs würzte. Mit einer Schürze, die er sich selbst mit aller ihm verbleibenden Kraft auf die Wunde drückte, versuchte er, die Blutung zu stillen. Außer der Mutter des Mädchens waren noch zwei weitere Menschen tot. Ein etwa 18-jähriger Schwarzer mit einem spärlichen Schnurrbart, der Gang-Insignia trug, hatte einen Treffer in seinem Herzen nicht überlebt. Neben seiner Leiche lag, ebenfalls tot, seine Freundin, ein zierliches Mädchen mit rotblonden Haaren, das nun drei Einschusslöcher im Rücken aufwies. Menschen schrien, Sirenen heulten, Handys wurden gezückt.

Nico sah Ryan telefonieren und fragte sich, warum dieser nicht sein Polizeifunkgerät benutzte. Er kam sich vor wie in Trance. Obwohl die Schießerei keine dreißig Sekunden gedauert hatte und nun Hektik und Panik herrschten, wirkte alles verlangsamt und weit entfernt, als sei er unter Wasser und nähme von dort aus Ereignisse aus einer fremden Welt wahr. Polizisten riegelten den Tatort ab und begannen, die ersten Aussagen aufzunehmen, während Notärzte und Rettungsdienstmitarbeiter die Verletzten betreuten.

Arnold

Arnold van Damme war eine armselige Kreatur. Schon das Haus in Moabit, in dem er lebte, wirkte nicht gerade einladend. Einst eine Gründerzeitvilla beherbergte es jetzt ein Bordell von zweifelhaftem Ruf, eine noch weniger Vertrauen erweckende Dönerbude und 28 Wohneinheiten.

Farbe und Putz blätterten von den Außen-
mauern. Aus den Fenstern roch es nach
exotischen Gewürzen, gleichzeitig drangen
die Fetzen lauter, aber nicht zu verstehen-
der, da in den Sprachen des Orients und
des schwarzen Kontinents geführter, Ge-
spräche und Streitereien nach draußen.
Auf dem Innenhof, den man durchschrei-
ten musste, um zu Arnold van Dammes
Wohnung zu gelangen, spielten einige
dunkelhäutige Kinder mit Dreirädern und
Bällen zwischen Mülltonnen, Müllsäcken
und Sperrmüll. Von den drei fremden Be-
suchern nahmen sie keine Notiz. Christopher und Tamara war nichts anderes
übriggeblieben, als wieder mit Alice zu-
sammenzuarbeiten. Ihr war es gelungen,
die Adresse Arnold van Dammes herauszufinden – mithilfe eines Hackers, den sie
bei einem ihrer Psychiatrieaufenthalte
kennengelernt hatte. Dieser kannte sich
mit Programmiersprachen, Kryptographie,
Datenbanken, Netzwerken und so ziem-
lich allem anderen aus, was Rechner be-
traf. Als siebzehnjähriger Schüler hatte er
als nebenberuflicher Programmierer bereits Beträge verdient, von denen manch
erwachsener Facharbeiter nur träumen
konnte.

Der Umzug nach Silicon Valley und ein sechs- bis siebenstelliges Jahresgehalt schienen nur noch eine Frage der Zeit zu sein. Dann machte ihm eine schwere Schizophrenie einen Strich durch die Rechnung. Um sie zu unterdrücken, sah er sich gezwungen, starke Medikamente zu nehmen. Die Medikamente schränkten ihn in seiner Kreativität und Brillanz massiv ein. Wenn er sie jedoch absetzte, wurde er anfällig für alle Arten von Wahnvorstellungen und Verschwörungstheorien. Er wähnte Außerirdische im Weißen Haus, eine verborgene Welt im Erdinnern und Michael Jackson auf dem Mond, glaubte, der Zweite Weltkrieg habe niemals stattgefunden und sei komplett in Filmstudios gedreht worden, Elvis stünde an der Fritteuse einer Berliner Pommesbude und Hypnosestrahlen würden aus TV-Geräten austreten. Fahrradkuriere hielt er für Regierungsagenten mit der Aufgabe, ihn zu überwachen und zu jagen. Dass er einen dieser Kuriere mit dessen eigener Fahrradkette grün und blau geschlagen hatte, war einer der Gründe für den Psychiatrieaufenthalt gewesen, bei dem er Alice kennengelernt hatte.

Dass sie dort mit ihm Zeit verbracht hatte, hatte ihm mehr geholfen als es Ärzte oder Medikamente vermochten. Nur zu gern hatte er sich bereit erklärt, ihr einen Gefallen zu tun und Arnold van Dammes Spuren zurückverfolgen. Jetzt stand sie gemeinsam mit ihrem Ex-Freund und ihrer Schwester vor dem Mann, der sich hinter diesem Pseudonym verbarg. Er hätte aus einer Klischeesammlung über Computernerds stammen können. Seine mit Kartoffelchips, Hamburgern und Cola gemästete Figur füllte den Platz zwischen den Türrahmen vollständig aus, seine von den langen Nächten am Computer geröteten Augen wirkten hinter den dicken Brillengläsern klein und froschartig und seine Haare waren ebenso verschwitzt wie sein mit einem Slayer-Schriftzug verziertes Hemd, das er dem Geruch nach zu urteilen mindestens den dritten Tag in Folge trug. Sein aus einem mit Kugelschreiber vollgekritzelten Zettel bestehenden Klingelschild wies ihn als Herrn Müller aus. „Ja, bitte?", sagte er in einem Tonfall, der erkennen ließ, dass er auf Besuch nicht unbedingt gewartet hatte. „Hallo Arnold", begrüßte ihn Christopher spöttisch.

„Mein Name ist nicht Arnold und ich kenne Sie nicht. Was wollen Sie?" „Wir haben uns Deine Internetaktivitäten mal etwas genauer angesehen, Arnold, oder sollte ich besser „Herr van Damme" sagen?" „Ich habe keine Ahnung, was Sie wollen, aber wenn Sie nicht sofort verschwinden, ruf' ich die Polizei." „Vielleicht sind wir ja von der Polizei, Arnold." Dieser Bluff beeindruckte Müller tatsächlich. Die alten Körperausdünstungen in seinem Hemd wurden durch frische Schweißperlen auf seiner Stirn ergänzt, er lief rot an und seine Unterlippe begann, leicht zu zittern. Dabei blieb unklar, ob dies aus Angst oder aus Ärger geschah. Trotzdem fragte er: „Darf ich mal Ihren Dienstausweis sehen?" „Okay, Arnold", erwiderte Christopher „wir sind nicht von der Polizei. Aber wir wissen, dass du dich im Internet unter dem Pseudonym Arnold van Damme herumtreibst und können das auch beweisen. Und Einiges, was Du da von Dir gibst, ist ganz klar strafrechtlich relevant. Beleidigungen, Bedrohungen, Gewaltaufrufe. Wenn du also die Polizei rufen willst, nur zu. Aber ich würde Dir eher raten, mit uns zu sprechen, damit wir sie nicht rufen."

Müller gehörte nicht zu jenen Menschen, die ihre Gesichtszüge besonders gut unter Kontrolle hatten. Mit seiner Mimik gab er deutlich preis, dass er verloren hatte. „Kommt' rein und sagt mir, was ihr von mir wollt", sagte er mit einem gleichzeitig resignierten und verärgerten Unterton.

Lukas

Nach den endlosen Befragungen und den vielen Stunden des Wartens hatte Lukas, dem von dem Streifschuss nur ein Verband und eine kleine Narbe geblieben waren, sich sehr gefreut, einen Termin außerhalb einer Polizeiwache wahrnehmen zu können. Die Einladung in ein deutsches Restaurant verbuchte er als eine besondere Aufmerksamkeit seines Gesprächspartners, auch wenn das Schnitzel und das Sauerkraut, die man ihm servierte, wenig überzeugten.

Dafür waren die Bratkartoffeln erstklassig und das alkoholfreie Weizen, das er sich schmecken ließ, wurde eigens aus Bayern importiert. Der Mann, der ihm gegenüber saß allerdings, kam ihm seltsam vor. Er konnte kaum älter als dreißig Jahre sein, schien aber mit seinem altmodischen Schnauzbart und seinem braunen Cordanzug vollkommen aus der Zeit gefallen zu sein. Auch seine Art zu sprechen, bei der er jedes Wort so stark betonte, als sei er der Hauptdarsteller eines mittelmäßigen Theaterstücks, war irritierend. „Ich bin froh, dass jemand hier ist, der sich für die Wahrheit interessiert", sagte der Mann, der sich als Jake vorgestellt hatte. „Interesse an der Wahrheit ist der wichtigste Teil meines Berufes." „Den Eindruck hat man leider nicht, wenn man heutzutage Zeitungen liest und fernsieht. Alles Schmierfinken, Lügner und Heuchler! Einer schlimmer als der andere!" Jake redete sich plötzlich so sehr in Zorn, dass es ihm unmöglich war, ruhig sitzen zu bleiben. Mit einem knallroten Gesicht stand er auf, schlug mit der Faust auf den Tisch und schleuderte Lukas seine Worte förmlich entgegen.

„Das sind Verräter! Alle miteinander! Auf-
hängen sollte man das ganze Pack! Diese
verfluchten Nigger hatten es doch verdient!" „Bitte?" fragte Lukas entsetzt.
Nach der Schießerei am Hot-Dog-Stand
hatte sich herumgesprochen, dass zwei
deutsche Journalisten zum Thema Polizeigewalt und Afroamerikaner recherchierten und dabei unvoreingenommen
agieren wollten. Daraufhin hatte Jake
Kramer mit ihnen Kontakt aufgenommen.
Laut seiner eigenen Aussage handelte es
sich bei ihm um den Sprecher einer Vereinigung, die sich vorgenommen hatte, die
Ehre der amerikanischen Polizei wieder-
herzustellen, aber nicht mit den True
Cops zusammenarbeitete. Angesichts der
sich überschlagenden Ereignisse der letzten Tage war Lukas nicht mehr dazu gekommen, umfassend über diese Vereinigung zu recherchieren, die sich „Blue
Honor" nannte.

Deshalb hatte er auch nicht herausgefunden, dass es sich bei Blue Honor um eine Gruppierung handelte, die sich die „Rückbesinnung auf die Werte des weißen Amerika" auf die Fahnen geschrieben hatte und Verbindungen zum Ku-Klux-Klan und zur American Nationalsocialist Party unterhielt. Kramer hatte vorsichtig vorgehen wollen, hatte vorgehabt, Lukas erst nach und nach mit seinen tatsächlichen Zielen und seinem Hintergrund vertraut zu machen. Jetzt aber verlor er vollkommen die Kontrolle. „Weiße haben dieses Land groß gemacht! Bevor die Weißen kamen, gab es hier nichts als Wilde! Unzivilisierte Rothäute und ein paar Büffel, sonst nichts! Dank der Weißen ist Amerika zur größten und mächtigsten Nation der Erde geworden! Und dass lassen wir Arier uns von niemanden kaputtmachen! Nicht von den Niggern, nicht von den Juden und auch nicht von den Bohnenfressern! Sieg Heil!" Kramer hatte laut genug gebrüllt, um die Aufmerksamkeit sämtlicher Gäste des Restaurants auf sich zu ziehen.

Lukas rückte mit seinem Stuhl so weit wie möglich von ihm weg und hoffte, dass dies als Distanzierung verstanden würde. Er bemerkte dabei den fassungslosen Ausdruck in den Gesichtern der Anwesenden, von denen erschreckend viele geistesgegenwärtig genug gewesen waren, um die Ereignisse mit ihrem Smartphones zu filmen. Dann sah er eine Gruppe von drei Kellnern sich auf sie zubewegen. Derjenige, den sein Namensschild als Manager und als „Steve" auswies, ergriff das Wort „Ich muss die Herren bitten, dieses Restaurant unverzüglich zu verlassen. Kehren Sie bitte nicht zurück, Sie sind hier nicht länger erwünscht." Lukas war das Hausverbot egal, er wollte nur so schnell wie möglich fort und hoffte, dass ihn niemand erkennen würde. Kramer dachte nicht daran, Steves Anweisungen Folge zu leisten. „Ich habe ein Recht auf meine Meinung!", schrie er „Die Verfassung garantiert mir Meinungsfreiheit!" „Sir, Sie haben außerhalb unserer Räumlichkeiten weiterhin Gelegenheit, Ihre Meinung kundzutun, hier gilt unser Hausrecht", stellte Steve klar.

Kramer kochte vor Zorn. Trotzdem sah er ein, dass er es nicht mit drei Gegnern gleichzeitig aufnehmen konnte. Stattdessen drohte er „Sie werden noch von mir hören", bevor er sich umdrehte und mit nach vorne gestreckter Brust hinausstolzierte, als habe er soeben einen grandiosen Sieg davongetragen. Lukas hätte sich am liebsten in einem Erdloch verkrochen, nur war ein solches nicht in Reichweite. Deshalb schlich er sich langsam, mit gesenktem Kopf und im größtmöglichen Abstand zu Kramer Richtung Ausgangstür. Es erwies sich als vergebens. Vor dem Restaurant hatte sich bereits eine Meute von Journalisten versammelt, herbeigerufen von anderen Kunden, die das Showpotenzial von Jake Kramers öffentlichen Ausfällen sofort erkannt hatten. Und denen es nicht schwer gefallen war, herauszufinden, wer Lukas war und was er in den Staaten wollte. „Sind Sie Mitglied der deutschen Nazi-Partei?" war die erste Frage, die ihm entgegenschallte. Jegliche Möglichkeit zu antworten blieb ihm verwehrt, die Reporter schrien ihre Fragen durcheinander und versuchten, sich dabei gegenseitig an Lautstärke zu übertreffen.

Längst nicht alles war in diesem Chaos zu verstehen, doch was zu verstehen war, ließ keine Zweifel daran übrig, welchen Eindruck Lukas' Treffen mit einem Neonazi in den Medien hinterlassen würde. „Haben Sie Kontakte zum Ku-Klux-Klan?" rief einer? „Glauben Sie an eine jüdische Weltverschwörung?" „Sind Schwarze für Sie Menschen?" Lukas schwitzte und zitterte vor Aufregung. „Ich bin kein Nazi! Ich habe mit Kramer und seiner Truppe nichts zu tun!" brüllte er, aber seine ohnehin nicht übertrieben kräftige Stimme ging im Lärm und im Blitzlichtgewitter unter. Stunden später erreichte Lukas das Polizeirevier. Schon von weitem war zu erkennen, dass sich dort eine demonstrierende Menge versammelt hatte.

Er ahnte, dass dies nichts Gutes bedeuten konnte. Eine Ahnung, die sich unverzüglich bestätigte. Die Demonstranten hielten Schilder hoch, auf denen Parolen wie „Nazis raus!", „Verfluchte Deutsche!" und „Weg mit dem Rassisten-Euromüll!" zu lesen waren, außerdem „Schwarze Leben zählen!" und „Stoppt die Polizeigewalt!" Überall im Internet hatte sich die Nachricht verbreitet, ein oder zwei deutsche Nazi-Journalisten seien nach Amerika gekommen, um Morde an Schwarzen zu rechtfertigen. Auch Nico, der sich in der Polizeistation aufhielt, hatte mitbekommen, was vor sich ging. Und er hatte Grund zur Beunruhigung, denn unter den Cops hatten sich drei Gruppen gebildet. Ein paar wollten ihn zu seinem grandiosen Engagement beglückwünschen, denn „es sei höchste Zeit, den Niggern zu zeigen, wo der Hammer hängt", so ihr Anführer. Die zweite Gruppe hatte sich zusammengerottet, um „dem Nazischwein aus Deutschland ein paar in die Fresse zu geben". Die dritte, zu Nicos Erleichterung größte Gruppe, war weniger anfällig für Internet-Gerüchte und wollte die ganze Angelegenheit in Ruhe klären.

Chad und Ryan gehörten zwar zu jener dritten Gruppierung, hielten es aber für angebracht, ihn aus der Wache wegzubringen. „Hier wird es zu brenzlig", sagte Ryan, „komm mit."

Björn

Der zweite Anschlag ereignete sich, während Tamara, Alice und Christopher auf Arnold van Dammes versiffter Couch saßen und Björn Müller alias Arnold van Damme in die Mangel nahmen. Der hatte auch vorher nicht eben wie ein schneidiger Prinz gewirkt und sich mittlerweile in ein derart beklagenswertes Häufchen Elend verwandelt, dass Christopher ein schlechtes Gewissen bekam. Er kam sich vor wie einer der halbstarken Schlägertypen aus seiner Schule, die nichts Besseres zu tun hatten, als sich an Schwächeren zu vergreifen. Die beiden Schwestern ließen dennoch nicht locker.

Mit teils spöttischem, teils übertrieben seriösem Unterton trugen sie dem schon lange nicht mehr antwortenden Müller Auszüge aus seinen virtuellen Ergüssen vor. „Ich werde eure Kinder schlachten, ihre Haut zu Mänteln verarbeiten und aus ihren Knochen Suppen kochen", las Alice und gab ihrer Stimme dabei bewusst einen Klang, der an eine Kindergärtnerin erinnerte, die einer Gruppe Fünfjähriger Hänsel und Gretel näherbrachte. „Ich werde euch mit Mähdreschern überfahren und die Überreste den Schweinen zum Fraß vorwerfen; Ich werde euch die stückchenweise die Haut abziehen und sie gebraten an euch verfüttern, bis ihr euch selbst aufgegessen habt." „Okay, genug!", unterbrach Müller sie mit einer Stimme, die vermuten ließ, dass er alsbald in Tränen ausbrechen würde, „Was wollt ihr von mir?" „Wir wollen von Dir wissen, was Du über den Anschlag auf das Roboterfußballspiel weißt", antwortete ihm Christopher

„Alle Spuren führen zu Dir, also, warum hast Du es getan? Woher hattest Du den Sprengstoff? Hast Du allein gearbeitet?" „Ich schwöre, ich habe nichts damit zu tun", antwortete Müller in einem weinerlichen Tonfall, der eher an einen geprügelten Hund als an einen gefährlichen Terroristen erinnerte. Es war Tamara, die das Verhör plötzlich unterbrach. Nach einem Blick auf den sich permanent aktualisierenden Newsfeed auf dem Bildschirm ihres Smartphones sprang sie auf und rief „Mach' den Fernseher an!" Ziel des zweiten Anschlags war die Internationale Messe für Unterhaltungselektronik.

Die Stimme der Nachrichtensprecherin klang belegt und geriet zwischendurch ins Stocken. Diesmal hatte es noch mehr Tote gegeben. Die Explosion hatte einen Großbrand ausgelöst und die Sprinkleranlage sich angesichts der überall ausgestellten Elektrogeräte und der somit verursachten Kurzschlüsse als kontraproduktiv erwiesen. In dem Messegebäude hatten sich Brände ausgebreitet und Menschen in den Flammen eingeschlossen.

34 waren gestorben. Verbrannt, erstickt, zu Tode getrampelt. Allerdings gab es zwei Hinweise auf den Täter. Einer war die Bauart der Bombe, die jener der beim Anschlag auf das Roboterfußballspiel verwendeten entsprach. Der andere war eine der Polizei zugeschickte Pergamentrolle mit einer lateinischen Inschrift. Alice sah die Inschrift und wusste, dass der Pfleger Thomas wer der Täter war.

Ryan

Ryan fuhr so schnell, dass Nico befürchtete, dass die größte Gefahr für ihn derzeit weder Gangster noch Nazis noch wütende Polizisten waren, sondern ein vorzeitiges Ableben bei einem Verkehrsunfall. Mit seiner verschwitzten Hand hielt er sich am Griff der Fahrzeugtür fest und war sich dabei bewusst, dass dies im Fall eines tatsächlichen Crashes vollkommen nutzlos sein würde.

Selbst der auf dem Beifahrersitz sitzende Chad hatte es seinem Gesichtsausdruck nach zu urteilen mit der Angst zu tun. Keiner der Insassen sprach ein Wort. Mit einer Vollbremsung hielt Ryan das Auto vor einem Haus an, das sofort ins Auge stach:

Es handelte sich um eine Villa auf einem Hügel, die wie ein Palast das übelste Ghetto von Los Angeles überblickte. Chad kannte dieses Haus. Und er betrachtete es als keine gute Idee, dort zu stoppen. „Bist du verrückt?", schrie er seinen Partner an. Es waren die letzten Worte, die er in seinem Leben sprach. Sechs Männer, die von ihrer Statue allesamt an professionelle Footballspieler erinnerten, hatten den Wagen umstellt. Einer von ihnen riss die Beifahrersitz auf und streckte Chad wortlos mit einem Kopfschuss nieder.

Alice

Die Fesseln schnitten Alice tief in ihre Handgelenke. „Warum habe ich nicht die Polizei alles machen lassen?", fragte sie sich wieder und wieder. Zwar hatte sie Christopher und Tamara zur Polizei geschickt, um diese über ihren Verdacht gegen Thomas zu informieren, doch weder war gesichert, dass man ihnen glauben würde noch wusste irgendwer, dass der Krankenpfleger in der Zwischenzeit Alice entführt und zu seiner Waldhütte gebracht hatte. Selbst wenn sie es herausfinden würden, würde niemand wissen, wo sich die Hütte befand. Thomas hatte ganze Arbeit geleistet. Er hatte sie so fest an den Stuhl gebunden, dass sie kein Glied ihres Körpers unterhalb ihres Kopfes auch nur einen Millimeter bewegen konnte. Würde er sie töten? Sie hatte sich oft zu sterben gewünscht. Jetzt wehrte sich alles an ihr gegen die Aussicht, ihr Leben zu beenden. „Eigentlich mochte ich dich immer", sagte Thomas. „Dann lass mich gehen!"

„Nein, meine Mission ist noch nicht beendet. Im Übrigen hast du dir das selbst zuzuschreiben. Du hättest dich nicht einmischen müssen." „Du hast Menschen umgebracht." „Menschen", erwiderte Thomas verächtlich, „es sind Menschen, die diesen Planeten zerstören. In Europa gibt es schon lange keinen Urwald mehr. Alles gerodet, für Feuerholz, für Hütten, um Kühe darauf grasen zu lassen und die Kühe dann zu schlachten und zu verzehren, für Lanzen und Kriegsschiffe. Die öden Heiden der schottischen Highlands waren einst dicht bewaldet. Die Engländer haben alles abgeholzt, um ihre Flotte zu bauen. Die Landschaft hat sich nie wieder erholt. Dort, wo es noch Regenwald gibt, wird er brandgerodet. Für Treibstoff, Ackerflächen und Klopapier. Menschen kippen tonnenweise Plastik ins Meer, bauen in China riesige Metropolen, in denen der Himmel vor lauter Smog nicht mehr zu sehen ist, vergiften die Flüsse in Indien, um billiger T-Shirts produzieren zu können und schrecken selbst in der Arktis nicht davor zurück, nach Bodenschätzen zu suchen. Menschen!" Voller Verachtung spuckte er das Wort aus.

Alice wusste, dass Thomas' Argumentation viel zu simpel war. Dass wenn er auch behaupten mochte, dass Menschen das Problem seien, er trotzdem nicht mit gutem Beispiel voranging und sich eine Kugel in den Kopf jagte, um dieses Problem zuerst bei sich selbst etwas zu verkleinern.

Dass es schlicht keinen Grund gab, anzunehmen, dass Tiere und Pflanzen mehr recht hätten, die Ressourcen des Planeten zu nutzen als die Angehörigen der Spezies Homo sapiens sapiens. Dass es gerade die Fortschritte der Technologie waren, die die Qualität von Boden, Wasser und Luft so massiv verbessert hatten, dass in fast jedem Haus Europas oder Amerikas heute gefahrlos trinkbares Wasser aus der Leitung kam, während die Menschen einst Dünnbier konsumiert hatten, um das schmutzige $H2O$ zu meiden. Dass Thomas in Wirklichkeit genau wie alle anderen einem anthropozentrischen Weltbild anhing und nur dieses Weltbild Sinn ergab.

Wenn der Mensch nicht im Mittelpunkt stand, was dann? Keine Feldfrucht konnte angebaut werden, ohne Insekten und Nagetiere in großer Zahl zu töten und je intelligenter ein Tier war, desto größer war auch die Wahrscheinlichkeit, dass es seine Fähigkeiten nutzen würde, um noch erbarmungsloser zu jagen. Der Mensch aber kannte das Erbarmen. So lang die Liste seiner Grausamkeiten sein musste, so waren es doch nicht diese, die ihn ausmachten. Der Neuntöter spießt seine Beute auf Ästen auf. Ein Löwe, der ein Rudel übernimmt, tötet alle Neugeborenen, um die Gene seines Vorgängers an der Ausbreitung zu hindern. Ameisen beißen Artgenossen anderer Stämme die Beine ab, um sie am Weglaufen zu hindern.

Die Schlupfwespe ernährt sich vom Innern von Raupen, was auf Charles Darwin so verstörend wirkte, dass es ihn an der Existenz eines Schöpfergottes zweifeln ließ. Es war seine Fähigkeit, zu vergeben und zusammenarbeiten, dank derer er an der Spitze der Natur stand.

Ein Sprung Rehe würde einen Wald so kahl fressen, dass er sich nie wieder erholen könnte und ein Heuschreckenschwarm konnte ganze Landstriche verwüsten. Es blieb der Intelligenz des Menschen überlassen, den Wald wieder aufzuforsten und die Heuschrecken abzuwehren. Im Moment wollte Alice ihre Intelligenz allerdings vor allem nutzen, um sich aus ihrer eigenen, misslichen Lage zu befreien.

Nico

Panik in Extremsituationen ist viel seltener als weithin angenommen. Verbreitet ist das entgegengesetzte Phänomen. Menschen verfallen in eine Art Schockstarre, werden handlungsunfähig, bringen sich selbst dann nicht in Sicherheit, wenn sich ihnen die Gelegenheit dazu bietet. Nicht, dass dies aktuell für Nico eine Option gewesen wäre.

Aber auch er blieb völlig regungslos, als Chad tot auf dem Beifahrersitz zusammensank. Ein Hauch von Kälte schien seinen Rücken hinauf zu krabbeln und die feinen Härchen an seinem Körper stellten sich zu einer Gänsehaut auf. Er bewegte sich nicht. Wie gelähmt und verständnislos beobachtete er, wie Ryan das Fahrzeug verließ und den Mörder seines Partners mit Handschlag begrüßte.

Dann riss einer der Männer die Tür an seiner Seite auf und befahl Nico, mit erhobenen Händen auszusteigen. Die Arme in den Himmel gestreckt stand er da und ließ sich auf Waffen durchsuchen, während sein Blick den Ryans suchte. Nur ein Wort kam über seine Lippen: „Warum?". Ryan grinste ihn an, als habe er eine zweideutige Bemerkung gemacht. Er legte ihm die Hand auf die Schulter wie einem alten Kumpel, den man einen Augenblick zur Seite nimmt. „Weißt du, der Schwur der Black Jackals ist für immer. Blut rein. Blut raus," erklärte Ryan im Tonfall eines väterlichen Freundes, der angesichts der Situation sehr unangemessen klang.

Der Cop hatte also getötet, um Mitglied einer Gang zu werden. Für Nico war jedoch nach wie vor vollkommen unklar, welche Rolle ihm in diesem Spiel zugedacht war. Ryan fuhr fort: „Ich war vierzehn, als ich in die Gang aufgenommen wurde. Ich habe mit meiner Mutter in einer winzigen Sozialwohnung gewohnt. Wir hatten kein Auto, bekamen Essensmarken und trugen Sachen aus der Altkleidersammlung. Ich war ein Niemand in einer Gegend voller Verlierer. Aber das wollte ich auf keinen Fall bleiben. Ich wollte zu denen gehören, denen als einzigen im gesamten Viertel mit Angst und Respekt begegnet wurde: den Gangstern. Die fuhren mit schwarzen BMWs durch die Gegend, bestimmten, wer sich auf den Basketballplätzen aufhalten durfte und konnten allein durch ihr Erscheinen Restaurants binnen Sekunden leeren. Die trugen Markenklamotten und Goldketten und jeder wusste, dass sie immer eine Waffe dabei hatten.“

„Und warum zur Polizei?", fragte Nico, dessen Angst im Wesentlichen einem Gefühl der Irritation gewichen war. „Na, ich bin ein Maulwurf", sagte Ryan und grinste weiter. Schon war die Angst wieder da. Er hatte hier eindeutig schon zu viel gesehen und gehört, für jemanden, den man am Leben lassen wollte. Aber warum war er dann noch nicht tot?

Thomas

Thomas hatte Vorsorge getroffen, um nicht gefunden zu werden. Seine Hütte befand sich in einem einsamen Waldstück in Brandenburg und war auf keiner Karte eingezeichnet. Er trug kein Handy bei sich, es gab hier kein Internet und mit dem Auto war er niemals näher als bis an den Waldrand gefahren. Als er Alice, ihr eine Pistole in den Rücken haltend hierher gebracht hatte, hatte er sich abseits jeglicher Wege und Trampelpfade gehalten.

Wenn er sie töten und verscharren würde, würde sie vielleicht nie jemand finden.
Aber sie war nie Teil seines Plans gewesen. Sie war bei ihm zu Hause aufgekreuzt und hatte ihm gesagt, dass sie dringend mit ihm sprechen müsste. Er hatte sie hereingebeten und ihr einen Tee angeboten. Dann konfrontierte sie ihn damit, dass sie ihn als Urheber der Terroranschläge entlarvt hatte und er hatte sich zum schnellen Handeln gezwungen gesehen. Wenn er weitermachen wollte, musste er sie loswerden. Er hielt ihr eine Pistole an den Kopf, blickte in ihre angsterfüllten Augen und senkte die Waffe wieder, ohne abzudrücken.

Es war ihm nicht schwergefallen, Bomben zu legen, die Menschen getötet, verletzt und verstümmelt hatten. Aber ausgerechnet Alice, eine der wenigen Frauen, die je einen bleibenden Eindruck bei ihm hinterlassen hatten, ins Gesicht sehen und dieses im nächsten Augenblick wegschießen? Wenn ihn zu Hause eine Spinne störte, brachte er sie in einem Glas nach draußen.

Wenn eine Wespe in sein Wohnzimmer flog, öffnete er die Fenster so weit wie möglich und überließ dem Insekt das Feld. Nur die Menschen hatte er nach und nach immer mehr angefangen zu hassen. Ursprünglich angetreten, eine bessere Welt für sie zu schaffen, hatten sie ihn immer wieder enttäuscht, mit ihrer Rücksichtslosigkeit, ihrem Egoismus, ihrer Selbstgerechtigkeit. Schließlich war er zu der Ansicht gekommen, dass es eine bessere Welt nur ohne Menschen geben könnte. Doch was machte es schon für einen Unterschied, wenn er stets einer von ihnen bleiben würde? Er band Alice los und befahl ihr: „Hau ab!". Kaum hatte sie die Hütte verlassen, hörte sie das Geräusch des Schusses durch den offenen Mund, mit dem Thomas seinem Leben ein Ende setzte.

Nico

Nico war in einem Raum untergebracht, der für das Zimmer eines Entführungsopfers über eine erstaunlich luxuriöse Ausstattung verfügte erschien. Es gab ein normales Bett und einen Fernseher, der zwar ohne TV-Empfang, aber an einen DVD-Spieler mit einer umfangreichen Sammlung angeschlossen war. In einem kleinen Kühlschrank standen Soft Drinks und Snacks bereit, auf dem hölzernen Nachttisch lag eine Bibel. Seine Notdurft konnte er in einer Chemietoilette verrichten, wie sie auch bei Wohnmobilisten zu finden war. Nicht angenehm, aber besser als ein einfacher Eimer. Die relativ komfortable Unterbringung konnte dennoch nicht darüber hinwegtäuschen, in welcher Situation er sich befand.

Kurz bevor seine Bewacher den Raum betraten, erging jedes Mal der Befehl, sich mit den Rücken zu ihnen, die Hände an die Wand gedrückt auf der der Tür gegenüberliegenden Seite des Zimmers aufzustellen. Sie kamen immer zu zweit, ihre Pistolen direkt auf ihn gerichtet. Nico zweifelte nicht daran, dass sie ihn sofort erschießen würden, sollte er nicht gehorchen. Im Moment war es für sie zu seinem Glück vorteilhafter, wenn er am Leben blieb. Denn dafür wollten sie zehn Millionen US-Dollar haben. Vom deutschen Staat, der schon mehr als einmal für Geiseln bezahlt hatte. Nico ahnte, dass sich das Anwesen, auf dem man ihn untergebracht hatte, in Mexiko befand. Man hatte ihn mit verbundenen Augen im Kofferraum eines Autos hierhergebracht. Und ihn in den Vereinigten Staaten festzuhalten, schien viel zu riskant. Was er nicht ahnte war, dass sich draußen mexikanische und amerikanische Spezialeinheiten auf die Stürmung der Anlage vorbereiteten.

Die Gang machte gute Geschäfte seit sie mit dem Kartell kooperierte. Sie hatte auch früher schon Drogen verkauft, aber da hatte es manchmal Nachschubprobleme gegeben. Jetzt stand jede erwünschte Menge jedes beliebigen Rauschgiftes jederzeit zur Verfügung. Auch über Spitzel und Verräter musste sich Terrence als Anführer keine Sorgen mehr machen. Jeder wusste, was passierte, wenn ein Verräter dem Kartell ausgeliefert wurde und das war weitaus beängstigender als jede noch so lange Gefängnisstrafe. Im Gegenzug bekam das Kartell vierzig Prozent aller Umsätze, egal, wie hoch das Risiko für Terrence und seine Leute war. Als Sechzehnjähriger hatte er, der Sohn einer drogenabhängigen Prostituierten und eines unbekannten Vaters, ein Jahr lang auf der Straße gelebt, nachdem seine Großmutter ihn rausgeschmissen hatte.

Jetzt war er 33, lebte er in einer Villa, besaß einen BMW-Geländewagen, einen Porsche und einen Lexus, trug eine Rolex und Designerklamotten und hatte mehr als 100 Gangster unter seinem Kommando. Doch wenn Don Manuelo etwas verlangte, dann musste er spuren. Und Don Manuelo hatte verlangt, dass er den Deutschen lebend zu ihm brachte. Jemand hatte ihm geflüstert, dass er die Bundesrepublik Deutschland um zehn Millionen Dollar Lösegeld erpressen könnte. Was ihm keiner geflüstert hatte, war, dass die Regierung der Vereinigten Staaten auf keinen Fall dulden wollte, dass Gangster einen ausländischen Staatsbürger auf ihrem Territorium entführten, in ein anderes Land brachten und dann eine befreundete Regierung um Lösegeld erpressten. Und so war das Geld, das er zu bekommen hoffte, Don Manuelos letzter Gedanke, bevor eine aus dem Gewehr eines Delta Force-Scharfschützen stammende Kugel seine Schädelplatte durchschlug und in sein Gehirn eindrang.

Die gesamte Operation dauerte knapp zehn Minuten. Das Kartell hatte zahlreiche Wächter abgestellt und jeder, der sich auf dem Gelände befand, trug zumindest einen Revolver, in manchen Fällen sogar eine Maschinenpistole bei sich. Doch die Posten waren auf die Verteidigung gegen Angriffe von außen ausgerichtet. Die Elitekrieger landeten fast lautlos mit Fallschirmen im Innern des Anwesens und auf dem Dach der Villa. Sie töteten mit Schlägen gegen den Kehlkopf aus dem Hinterhalt und mit Scharfschützengewehren aus der Distanz. Und sie machten keine Gefangenen. Ryan war einer der wenigen, der sofort wusste, was los war. Und der nur eine Chance sah, aus dieser Situation wieder rauszukommen. Er rannte zu dem Zimmer, in dem Nico festgehalten wurde. Die Wachen vor der Tür kannten ihn und schlossen ihm auf. Nico sprang auf, als er hereinkam, Ryan nahm ihn von hinten in eine Art Würgegriff, setzte seine Pistole auf Nicos Hals an und befahl ihm, vor ihm zu gehen. Seine Geisel sollte seine Rettung sein.

Alice

Alice wusste nicht, wie lange sie schon orientierungslos und panisch durch den Wald rannte, als plötzlich Christopher vor ihr stand. Als freiwilliger Helfer durchsuchte er gemeinsam mit Mannschaften der Polizei, des Technischen Hilfswerks und des Roten Kreuzes das Gebiet. Weinend fiel sie ihm in die Arme.

Nico

Sergeant Brian White war ein erfahrener Scharfschütze. Er hatte in Afghanistan und im Irak gedient. Seinem Mut und seiner Treffsicherheit verdankte er die zahlreichen Auszeichnungen, mit denen er bei feierlichen Anlässen seine Ausgehuniform schmückte.

Jetzt trug er eine Uniform in jenen Farben, die im Staub der mexikanischen Wüste die bestmögliche Tarnung gaben und an der sich weder seine Verdienste noch Dienstgrad erkennen ließen – und seine Hände zitterten. Früher waren sie so ruhig gewesen, dass er ohne Zirkel oder Schablone einen perfekten Kreis hatte zeichnen können. Aber seit fast zwei Monaten fingen sie immer wieder an, zu zittern. Er wusste, dass er verpflichtet war, es seinen Vorgesetzten zu melden und sich ärztlich untersuchen zu lassen. Und er wusste auch, warum er genau dies nicht tat: Er hatte Angst. Immer wieder hatte er in Schlachten und Gefechten dem Tod ins Auge gesehen. Die Aussicht auf dem Feld sein Leben zu lassen, hatte ihn nicht weiter berührt. Aber beim Gedanken daran, dass seine Karriere als Scharfschütze enden würde, dass er eine Hirnkrankheit haben könnte und Hilfe beim Anziehen und beim Toilettengang brauchen würde, erschauderte er. Also versuchte er, seinen Auftrag mit zittrigen Händen zu erfüllen. Und versagte zum ersten Mal überhaupt während einer Mission, als er die Feuerfreigabe erhielt. Die Kugel tötete nicht den anvisierten Ryan, sondern dessen Geisel Nico.

Epilog

Statt Erde legten Lukas, Tamara, Alice und Christopher ihrem Freund die erste Ausgabe des Minerva-Magazins mit ins Grab. Seine Aufzeichnungen waren die wichtigste Grundlage der darin enthaltenen Reportage, auch wenn die anderen die Artikel ausformuliert hatten. Sie hofften, ihm dabei gerecht geworden zu sein. Sie verkaufte sich gut, diese Ausgabe. Verkaufszahlen, die der umfassenden Berichterstattung auf allen Kanälen über die Ereignisse in Zusammenhang mit Nicos Tod geschuldet waren. Christopher und Alice klammerten sich aneinander, beide unsicher, ob alte Leidenschaft wieder erwacht war, oder ob sie lediglich versuchten, sich über den Schrecken des Erlebten und die Trauer über den Verlust mit körperlicher Nähe hinwegzutrösten versuchten. Einer Sache waren sich jedoch alle Vier sicher: Sie würden weitermachen.